少年一推理事件簿 2

再見青鳥・下

作者／翁裕庭
繪者／步烏&米巡

「有些地方，並不是你想去就能去……」

目錄

主要人物介紹

黃宗一・新來的怪咖轉學生。白上衣、黑長褲，中分髮、身上帶了一只公事包，是個事事講求精確的對稱控。行事風格獨特，興趣是研究科學，認為真相需要科學證據。綽號「科學怪探」。

隋雲・安靜、領悟力高，因為身體障礙，經常睜著一雙明眸在一旁冷眼旁觀，但每到關鍵時刻，卻能提出令人無法否認的觀點。是黃宗一在知性上的勁敵。

玉茹老師・六年一班導師，深受學生愛戴。是個講求規律與精準的數字控，別號「女康德」。

我與青鳥・一個是寫日記的人，一個是叫「我」寫日記的人。背後有什麼陰謀進行中？尚未可知。

邱政・警察之子，視黃宗一為競爭對手。

錢若娟・班上最值得信任的老大。做人海派隨和，跟任何人都可以稱兄道弟。

章均亞・個性活潑，有義氣。是錢若娟的鐵粉。

王元霸・惡霸型人物，高頭大馬、身材壯碩，視黃宗一為第一號眼中釘。

何文彬・小壞壞，班上有什麼壞事，第一個被懷疑的就是他。

劉孟華・班長，老師最得力的助手，同學戲稱他為老師的寵物，綽號「沉默的乖寶」。

第八話

水池中的祕密

第一次看到水族箱時，我簡直是當場淪陷。看著魚兒在水中搖擺尾巴，身體輕盈的向前滑行，真是太神奇了；不管是急停或變換方向，都可以在瞬間達成，完全不費吹灰之力。牠們就像芭蕾舞者游出曼妙的身段，優雅的律動讓我看得入迷，兩個鐘頭就這樣悄悄過去，不開心的煩惱全都拋諸腦後，真是太療癒了。

所以我常在學校側門旁的池塘流連忘返。那個圓形水池並不大，直徑約莫兩公尺多，水深約一公尺。池裡養了十幾條錦鯉，顏色有黃有紅有白，看牠們在水草間穿梭游行，就像看萬花筒似的令人讚歎，有好幾次我壓根兒沒聽到上課鈴聲響。那地方太幽靜了，側門外的馬路並非交通要道，平常車流量不大，路邊有條河川依傍而行，放眼望去還有綿延山脈盡收眼底。美中不足的是，河的對岸很突兀的矗立一座罐頭廠，我爸就在那裡當作業員。

想當然爾，我爸會帶罐頭食品回來加菜。看到活魚烹調後擺在盤

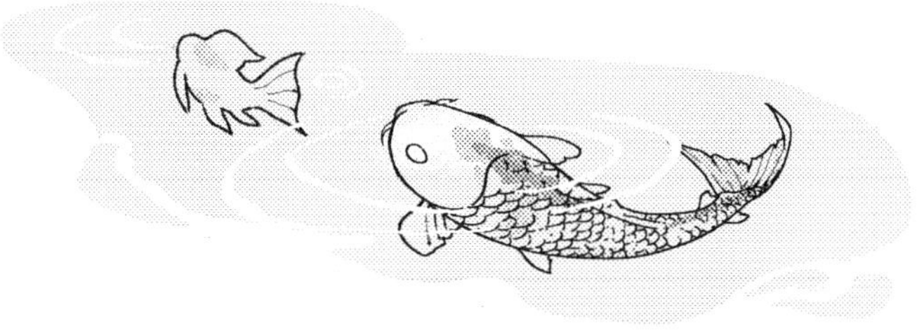

子上已經令人很難受了，更甭提面目全非的罐頭魚肉，一看就令人反胃，所以我一概不碰，結果引來我爸「巴」我的頭。但我萬萬沒想到，最慘烈的畫面不是出現在盤子上或罐頭裡，而是學校側門旁的水池，那個幽靜之處今天居然發生了大屠殺……

・・・・・

「很漂亮吧？」許佳盈睜大眼睛說。

好幾個同學圍在她座位旁邊，大家目光焦點都集中在她桌上的玻璃魚缸，看著兩條金黃色的魚在水裡游動。

「這是什麼魚？」章均亞問。

「非洲王子，」許佳盈回答：「很氣派的名字吧？」

「什麼魚種？」蕭莉玲問。

「好像是非洲慈鯛，」許佳盈說：「總之是一種尊貴的魚。」

「這種尊貴的魚好吃嗎？」何文彬問。

「很無聊吔，」蕭莉玲說：「什麼都要扯到吃。」

「沒辦法嘛，」何文彬語帶嘲諷：「我家沒錢，能填飽肚子才是重點。」

原來許佳盈家裡添購一座水族箱，養了幾十條魚，她今天帶了私心最愛的「非洲王子」來跟同學們分享。

「據說這種魚攻擊性很強。」邱政說。

「是嗎？」許佳盈說：「其實最貴的不是這兩條魚，而是這個魚缸喔。」

「魚缸造型是滿特別的。」余唯心說。

「對吧，它就像綻放的花朵，是我爸找人特別訂做的。」

「哇，看起來很珍貴喔！」何文彬伸手要摸魚缸。

缸！」

「不行，」許佳盈把何文彬的手推開：「任何人都不能碰我的魚

「哼，誰稀罕，」何文彬說：「別人出門遛狗，你來學校遛魚。」

「不行啊？」蕭莉玲說：「你有意見？」

「我就是覺得不行！」何文彬作勢要搶魚缸，蕭莉玲揮出一拳，何文彬側身躲開，鞋底發出啪搭啪搭聲逃走，蕭莉玲追了上去，腳步卻悄然無聲。蕭莉玲一向挺許佳盈，凡事都會幫她出頭。不過許佳盈帶魚缸來學校不像要分享，比較像在炫富。

「別在教室亂跑！」

玉茹老師不知何時進來了。她一吆喝，在追逐奔跑的同學都趕緊回座位，聊天打屁的人也立刻正襟危坐。

「這節課不是要去看影片嗎？」玉茹老師說。

對喔，差點忘了。於是大家紛紛離席，準備前往一樓的視聽教

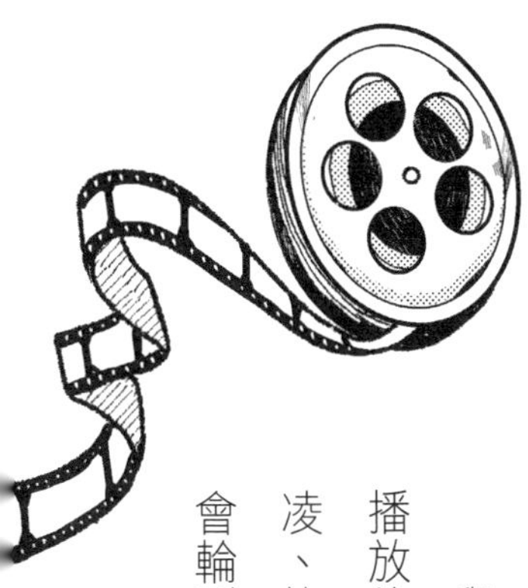

室。只見許佳盈依依不捨的對著魚缸說：「乖乖待在這裡，我等一下就回來。」

我不禁感到好奇，她最在乎的是魚，還是魚缸？

· · · · ·

大家都喜歡到視聽教室看影片，位置可以隨便坐，低聲走動無所謂，看完後也沒隨堂考。除了前後門，每扇窗戶都掛上黑幕，使偌大的空間變得像電影院一樣隱密。

舉王元霸為例，他每次都橫躺下來，獨占一整排長椅。尤其今天播放的影片是「如何應對周遭的潛在危機」，內容在探討如何面對霸凌、詐騙和誘拐等情況，但對他而言根本事不關己，反正這種事也不會輪到他身上，因為他本人就是加害者。

半小時之後，銀幕上正播出霸凌場面，一名身材高大的學生破口大罵跪在地上的人，這時候前門碰的一聲打開，一條身形壯碩的人影走進來，迅速往講臺一站，剛好與銀幕上的惡霸身影重疊。我差點以為影片中的霸凌者從銀幕走出來。

「請問黃宗一同學在這裡嗎？」

我嚇了一跳。此人聲音宏亮，蓋過銀幕上的謾罵聲。

「你是哪位？」玉茹老師問道。她關掉播放器，按下牆上的電燈開關，室內立刻大放光明。銀幕前面站了一位穿著便服的中年大叔，臉上的表情似笑非笑。邱政立刻大喊「爸！」

「老師好，」邱爸說：「我找黃宗一。」

「您找他做什麼？」

「這孩子說東北角那片樹林埋了屍體，我想跟他確認情報。」

「這個情報您從哪聽來的？」

慘了，八成是邱政回家說溜嘴，這下子連玉茹老師也瞞不住了。只見老師聽了半晌，臉色變得很難看。

「您這是來查案的嗎？」老師問。

「沒事啦，我只是來了解情況。」我不禁心跳加快。邱爸莫測高深的表情，讓人覺得事情沒那麼簡單。

「可是……」

「我是黃宗一。」

大家全都愣住了，沒想到這傢伙竟然自己站起來！

「你別講話，」老師制止他：「我通知你父母過來再說！」

「老師，不必了，」黃宗一淡定的說：「我爸媽授權我自己解決問題。」

「可是……」

「黃宗一同學，你不用害怕，」邱爸打斷老師的話：「我只想弄清楚那片樹林裡有沒有埋屍體。」

「你派人去挖，不就能真相大白了？」黃宗一說。

「沒確切證據不可貿然行動，」邱爸露出笑容：「何況那塊地是私有地。」

「我做了推理，要不要採取行動，你有決定的權利，」黃宗一泰然自若的說：「既然那片樹林是私有地，而且可能埋了屍體，警方不是更應該介入調查？」

邱爸一時語塞。就在此刻，教室外傳來跑步聲，有人從視聽教室前門經過。

「志雄老師，怎麼了？」玉茹老師喊道。折返前門的志雄老師還沒講話，旁邊的學生搶著說：「側門池塘那裡發生大屠殺！」

「什麼？」邱爸聽到大屠殺三個字，體內的警察魂立刻燃起：「快帶我去！」

志雄老師猛搖雙手：「只不過是池裡的魚集體浮上水面……」

什麼？那十幾條錦鯉全都死了？我心亂如麻，恨不得馬上飛奔過去。邱爸頓時變得意興闌珊，玉茹老師卻走出教室，我們大家也跟過去一探究竟。在集體行動中，唯一背道而馳的人是許佳盈，不知為何，她走上了樓梯。

我突然有不好的預感。

太慘了，浮上水面的錦鯉完全不見優雅身段。我用力閉上眼睛，忍住不罵三字經。現場有人竊竊私語，可是表情漠然，沒人像我一樣內心淌血。

「誰是第一發現者？」邱爸問。

站在志雄老師旁邊的是五年一班廖承佑，他馬上舉手。

「你何時到達現場？」

「十分鐘前。」

「你一到現場就是這樣？」

廖承佑點點頭。

「你來這裡幹嘛？」

「我……」

「不要說謊喔，」邱爸面帶笑容：「你是不是在池裡倒了什麼東西？」廖承佑臉色慘白，然後哇的一聲哭出來。我聽到邱政在跟別人

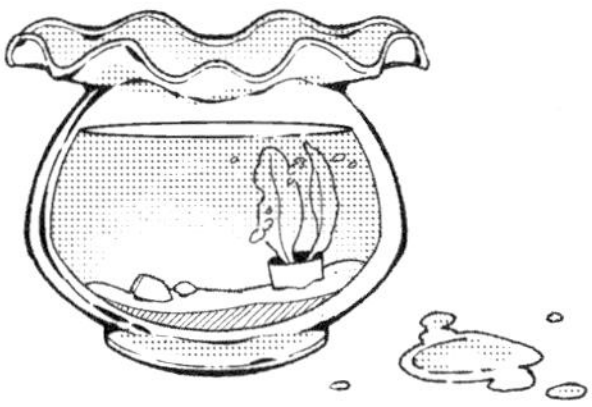

咬耳朵：「我爸認為第一發現者或是報案者，通常有很大的嫌疑。」

真的假的？那我以後可要注意了，萬一碰上事件也不要多管閒事跑去報案。眼看廖承佑哭得稀里嘩啦，邱爸問不出結果而陷入僵局。

「黃宗一，聽說你是偵探，」他提議道：「你來找出真相。」

「我拒絕。」

「為什麼？」

「你是警察，查案是你的工作，與我無關。」

邱爸的下巴快掉下來了。這時候許佳盈捧著魚缸現身。

「只剩下水而已……」她泫然欲泣的口氣突然轉為哽咽：「啊，非洲王子在這裡……」

沒錯，我也發現了，浮上水面的十幾條錦鯉當中，混雜了兩條金黃色的慈鯛。唉，哭泣者增為兩人。

「該不會是你的魚攻擊池裡的魚，結果統統同歸於盡？」邱政推論道。

「仔細看就知道魚身並無外傷，」邱爸給自己的兒子打槍：「你的推論不對。」

「可能是這兩條外來魚跑來殉情，其他魚跟著一起自殺。」何文彬說。

「瞧你一副幸災樂禍的樣子，」邱爸瞪著他說：「我以後會好好盯住你。」

何文彬臉色一陣青一陣白。許佳盈開始嚎啕大哭。

邱爸歎了口氣，從口袋掏出塑膠袋，舀了一些池水進去：「我送回局裡化驗看看。」

「沒必要，」黃宗一說：「池水看似清澈，」他蹲下來，鼻子湊到水面嗅聞：「而且沒有怪味，不像添加了毒物。」

許佳盈愈哭愈大聲。蕭莉玲摟著她的肩膀輕聲安慰。

「死因有可能是強烈的聲波嗎？」蕭莉玲突然發問。

「你有聽到強烈的聲波？」黃宗一轉頭看著蕭莉玲，她的話引起他的興趣。

「在看影片時，我有聽見碰的一聲。」她點頭承認。

「你聽力這麼好？」

「我的綽號是順風耳，」她說：「大家聽不到的高音頻，我卻聽得很清楚。」

黃宗一當場從上衣口袋拿出皮夾，再從裡面掏出一支溫度計。

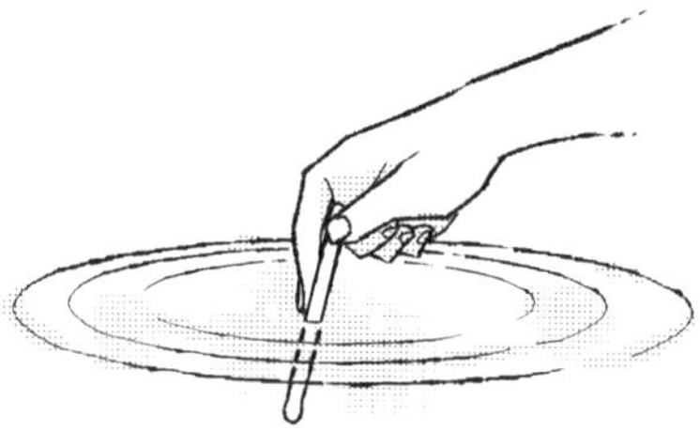

「你想幹嘛？」邱政問。

「她的推論值得探究。」

黃宗一拿著溫度計測量池裡和魚缸裡的水溫，然後走出學校側門去量河川。喔，我懂了，他這麼做是要觀測在聲波的影響下，水溫是否隨著地點不同而有所改變。只見他點點頭，露出滿意的表情。

「你聽到什麼樣的聲音？」

「很像是廚房發出的氣爆聲。」蕭莉玲說。

「沒錯，」志雄老師插嘴說：「半個鐘頭前，附近工廠的廚房的確發出氣爆聲。」

「奇怪了，」黃宗一對蕭莉玲說：「你到底是聽到還是看到？」

「我怎麼可能看得到，我在視聽教室看影片啊。」

「有誰聽見氣爆聲嗎？」黃宗一問班上同學，有人搖頭，有人答沒有。

「別忘了我的聽力很好。」蕭莉玲說。

「我的聽力也很棒，但我沒聽見，」黃宗一說：「事實上，聽得見高音頻和聽力好是兩回事。」

「我不曉得你為何要懷疑我，許佳盈是我的好朋友，我幹嘛偷她的魚，況且你也沒有證據。」

「或許不能用聽力定你的罪，」黃宗一說：「但我知道你走路靜悄悄的，你應該是偷偷溜出視聽教室，趁沒人注意時回二樓教室，弄走許佳盈的魚，隨後丟入池塘，最後再悄悄回視聽教室，途中剛好聽見氣爆聲。」他停頓一下：「你不可能空手撈魚。信不信魚缸上能採集到你的指紋？」

蕭莉玲頓時啞口無言。

「池裡的魚是你害死的？」邱爸問。

她搖搖頭。「我到這裡的時候，錦鯉已經浮上水面。」

「你還推卸責任！」

「兇手不是她。」黃宗一說。

「不然是誰？」邱爸一頭霧水的問。

黃宗一拿溫度計指著魚缸，再指向池塘和側門外的河川，依序念出二十八、三十三、三十三。

「別跟我打啞謎！」

「遠在天邊，近在眼前。」隋雲突然接口道。

「別再賣關子了！」

中年警察被兩個小學生耍得情緒失控，場面實在好笑。此時眾

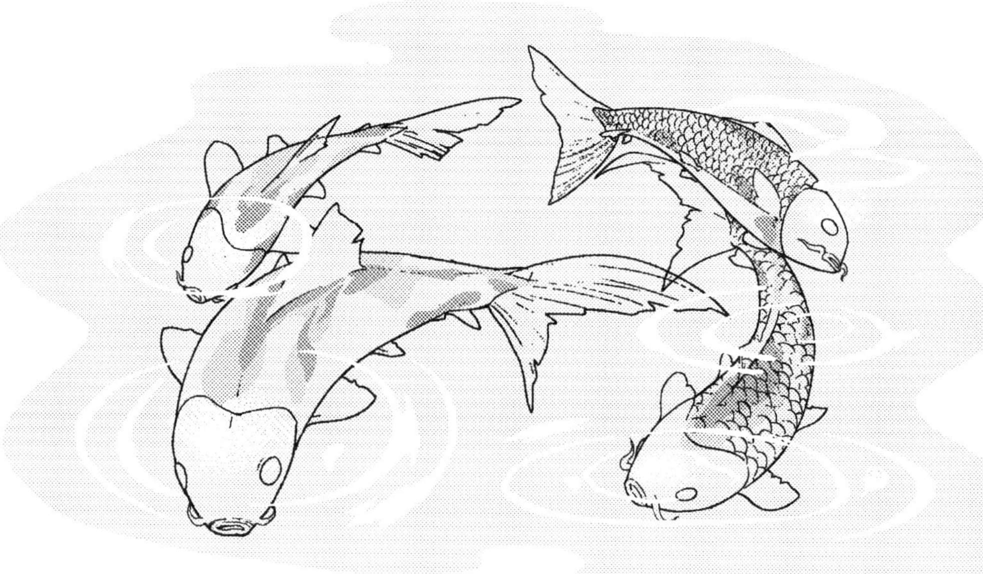

人面面相覷，兇手究竟是誰？沒想到隋雲的答案令人傻眼。

「是校外的罐頭廠。」

「你知道你在說什麼嗎？」邱爸愣住。

隋雲點點頭。

「把話講清楚。」老師說。

「看到溫度計，就知道黃宗一想做什麼，」隋雲說：「魚缸的水溫二十八度，這是正常溫度。既然池水是活水，水的源頭想必和這條河川有關，難怪池塘和河川都是三十三度。」

「所以呢？」

「水溫高五度，讓這些魚集體暴斃。」

「為什麼？」好些人異口同聲的問。

「魚用鰓吸取水中的氧氣來呼吸。問題是，當水溫升高時，氣體在水中的溶解量反而下降。以本案為例，池水的溶氧量隨著池中水溫

升高而減少。」

「你是說，由於水溫升高，造成水中的氧氣不足，導致這些魚死光光？」

「水溫為何升高？」邱爸急著問。

「應該是罐頭廠惹的禍，」隋雲說：「罐頭加工製造和食品高溫殺菌的流程都需要冷卻系統，最後會將冷卻水排放到河流中。如果冷卻系統出了問題，排出來的水溫偏高，就會破壞附近的自然生態。」

「太可怕了。」錢若娟歎道。

「這就叫做『熱汙染』，」隋雲做了總結：「幸好河川這一帶沒看到什麼魚，否則會死更多。」

「兒子，你不是說你們班上有兩個神探，」邱爸說：「原來這當中沒有你？」

邱政的表情超難看，比踩到狗大便時還臭。

許佳盈的父母在電話中表示不願追究，於是這件事就此落幕。邱爸離開後，我聽見許佳盈追問蕭莉玲：「為何這樣對我？我們不是好朋友嗎？」

「誰叫你說了那句話。」

「我說了什麼？」

「『任何人都不能碰我的魚缸！』」咦？原來閨蜜之間也容不下一粒沙子。但是青鳥說這並不奇怪，每個人的價值觀都有所不同，一旦擦槍走火，就算是摯友也會反目成仇。

對了，青鳥還說核電廠也會造成熱汙染。我在想，老天爺看待人類的方式，是否很像我在看水族箱呢？萬一我們生存的這個「水族箱」發生嚴重的熱汙染，下場一定很恐怖……

真相需要科學證據！

為什麼好好的魚竟然變祕雕？科學家研究後發現，核電廠利用海水冷卻發電系統，使用後的水排入海域，但因為溫度太高，使得附近的海水溫度上升。當水溫達到攝氏37度，魚體內的維生素C會遭到破壞，進而減少某種胺基酸的合成，導致魚的肌肉和骨骼發育不全，造成脊椎彎曲變形的現象。但只要水溫下降到32度以下，三個月後魚兒就能恢復正常。

後來核電廠針對排水問題進行改善，祕雕魚出現的頻率才跟著大幅下降。

看似不嚴重的5度，對生物的影響其實很大！

破案之鑰

只有攝氏 5 度的差別，影響會那麼大嗎？

人類是恆溫動物，體溫總是保持在攝氏 37 度上下，熱了流汗、開冷氣，冷了穿衣、開暖氣，對於環境中 5 度的溫度變化，當然不太會有適應不良的問題。

不過魚是變溫動物，體溫會隨著環境溫度變化，基本上與周圍的水溫相差不到攝氏 1 度。換句話說，當水溫升高 5 度，魚的體溫可能升高 4 至 5 度；如果你的體溫升高到攝氏 41 至 42 度，早就送急診室了吧！

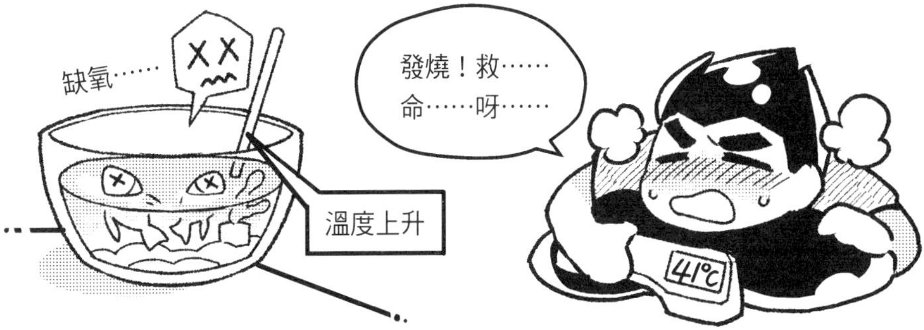

水溫上升除了讓水中的氧氣變少，還有其他影響。例如過去名聞一時的「祕雕魚」。這種魚大多是指花身雞魚的畸形變身，出現在核電廠附近海域。由於長相怪異，有著隆起的魚背、體側彎曲、雙眼外凸，就好比布袋戲裡的著名角色「祕雕」，因此得到這個稱號。

當海水溫度上升攝氏 1 度超過一週，珊瑚會白化死亡，許多海洋生物以珊瑚為家，也會跟著遭殃。氣候變暖，有些動物可以往北遷移，尋找氣候合適的棲地。不過北極熊生活在地球最北的地方，要移往哪裡去？近年常聽到世界各地發生嚴重的龍捲風、颶風、水災、熱浪……，可能是因為全球暖化讓極端氣候更容易發生。氣溫上升也可能讓傳染病變得更猖獗，使極地冰山融化、海平面上升而淹沒沿海地區。

為了控制暖化現象，世界各國決定要「保 2 以下」，也就是控制地球溫度，不可高於工業時代的氣溫 2 度！

最重要的策略是減少二氧化碳排放量。節約能源，少用電，少開汽車，選擇碳排放更低的發電方式與商品，都可以減少化石燃料的燃燒，進而減低碳排放。保護地球需要所有地球人共同的努力！

科學眼 **人類活動造成自然水域溫度不正常上升或下降，稱為熱汙染。人類活動排放過多溫室氣體造成地球增溫，稱為全球暖化。**

破案之鑰

其實攝氏 2 度就已經很糟了！

說到這裡，不得不提到近幾年來很熱門的議題：全球暖化。許多科學家認為，人類發明蒸汽機啟動了工業革命之後，因為燃燒大量的煤碳、石油，使地球大氣層裡的二氧化碳含量大幅增加。二氧化碳是一種溫室氣體，會把來自太陽的熱留在地球上，好比溫室一樣，使地球保持溫暖，但如果含量過高，會讓地球變得「太溫暖」。

一些科學家把二氧化碳含量和地球平均氣溫做比較，發現氣溫上升和二氧化碳上升的趨勢相當一致。除了二氧化碳，甲烷、一氧化二氮等氮氧化合物也都是溫室氣體，而且也和人類活動脫不了干係。過去 100 多年來，地球溫度已經上升超過攝氏 1 度，而且還在持續上升中。

氮肥是一氧
化二氮的來
源之一。
天然氣是甲烷，
牛打嗝和放屁也
是甲烷。
工廠、汽車、火力
發電都會排放二
氧化碳。
嗝～
噗！
汽車
工廠

第九話

黑星山遊記

我一直搞不懂恐怖片有什麼好看，但自從看過某部殭屍片之後，終於體會那種明明嚇得要死，卻又忍不住瞇眼從指縫間偷看的矛盾滋味。若是呼朋引伴一起觀賞，那種忐忑不安的氛圍還能夠拉近彼此間的距離。

青鳥說這是一種社交手段。經過今天的校外教學之後，我更加明白這個道理……

今天春季遠足，我們去黑星山校外教學。前一陣子開班會時曾討論過地點卻懸而未決，後來是方逸豐主動提案。他說這座黑星山不好爬，但是山腰有個維護完善的自然生態公園值得一遊，不過要踏入這座公園必須接受考驗：要先走過一座位於海拔八百公尺高、長達兩百七十公尺的吊橋才行。

一提到吊橋，男生都躍躍欲試，女生卻不置可否，但總之，最後這個提議通過了。我個人對這趟春季遠足本來不抱太大期望，然而今天早上出門時，看著紅通通的天空，心想去戶外走走也不錯。

上遊覽車前大家還算克制，車子啟程後簡直玩開了。

「開趴啦！」章均亞吶喊，隨著手機播放的旋律唱起流行歌曲：

「看不見我的美，是你瞎了眼……」

「稱讚的嘴臉，我轉身吐你口水……」何文彬扭動身軀接著唱，立刻引來眾人哄堂大笑。

「不要亂唱！」章均亞罵道。

「何文彬，過來坐我後面。」玉茹老師說。何文彬立刻拉下臉來，另一幫人卻掌聲連連。坐在右側最前方的老師並沒有規定大家怎麼坐，唯有何文彬被指定座位。

「我跳，我跳，我跳跳跳！」王元霸大叫。他霸占車內最後一排長椅，能與他同坐的只有宋謙，兩人正在玩跳棋。

班上幾個小團體各自散開，挑好位置開始玩遊戲，有人打撲克牌，有人玩真心話大挑戰。隋雲坐在博愛座，黃宗一選擇坐在她後方，但兩人沒有交談。游瑞文跑去坐司機後面的位置。而好比黃金地段的正中央座位，則是被方逸豐那夥人給獨攬。

車廂裡的座位圖，表現出班上的權力分配狀況，正如一個小型社會的縮影。

「相信我，」方逸豐笑道：「那裡的風景美到爆！」

「聽說那條吊橋很難走。」余唯心說。

「的確是個挑戰，」方逸豐說：「但人生不就是要承受一連串挑戰？」哇，真是能言善道，連人生哲理都可以搬出來講。

其實方逸豐並不帥，成績也是普普，但在班上的地位有點像是意見領袖，關鍵在於他那張嘴很會講。他一定很會哄女生歡心，不然班上第二號美女湯子怡怎麼會跟他那麼好。人美心美、成績單也美的湯子怡，時常和他出雙入對。他們倆為何變成班對，這也是本校不可思議的謎團之一。

「那座橋就像一條上坡路，」方逸豐說：「如同我們的人生要一直往上走才行！」

「體力不能太差吧？」高勝遠問。他是方逸豐的好麻吉。

「其實坡度不算陡，」方逸豐轉頭看湯子怡：「對吧？」

她微笑點頭。

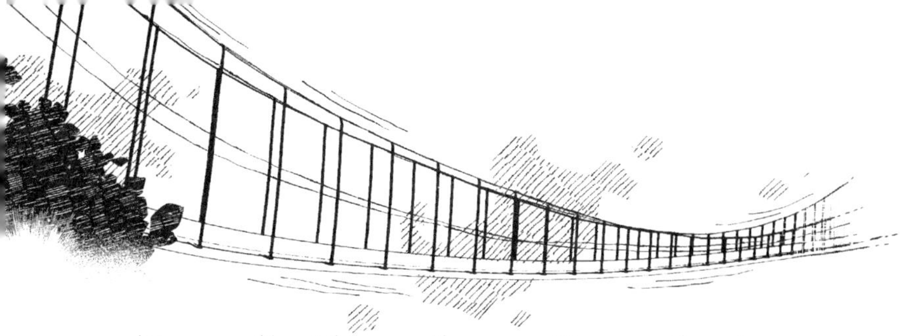

「跟我走就對了，我會帶你們一路上天堂！」

我自知體力不濟，很擔心吊橋走一半會沒力，聽他這麼說我就放心了。不過，當我們抵達目的地看到實景時，我的心馬上涼了半截。這條吊橋橫跨兩座山脈之間，看起來至少要走十分鐘才走得完。山風一吹，吊橋明顯晃動。媽呀，這吊橋有多少年歷史？走在上面真的沒問題嗎？下面沒有護網，摔下去必死無疑！

「請各組依序列隊，準備出發過橋，」老師下達指令：「不要跑步、不要跳躍，像散步一樣走過去就好。」

按照方逸豐的建議，全班分為六組，每組四人，並且規定每一組到達橋中央之前，下一組絕對不可出發。這麼做的用意是限制過橋人數，避免太多人擠上橋而造成負載過重。

「天下第一帥出發了！」王元霸叫道。他被分在第一組，大搖大擺的跨上吊橋，每一步都鏗鏘有力，不禁令人捏把冷汗。

「霸哥，我來追隨你了！」第二組的宋謙用力吶喊著，但是聲音稍嫌氣虛，腳步也有點抖。

「朝天堂邁進！」第三組的方逸豐一派輕鬆的踏上吊橋，湯子怡跟了上去，這兩人像在走後花園似的優游自在。

玉茹老師負責押後。最後一組有我、何文彬、錢若娟和隋雲。看著前幾組紛紛抵達彼岸，我也硬著頭皮上橋，但覺得每一步都很不踏實，尤其風一吹來，吊橋立刻左右搖晃，真的很恐怖。我視線往下一瞥，發現自己彷彿位於十幾層樓的高空，而下方就是溪水潺潺的河谷，這種居高臨下的畫面或許別人覺得壯觀，我卻是看了心驚膽顫，當下不但腿軟，頭也開始暈了。

「不要往下看！」突然有人喊叫。我抬頭一看，錢若娟站在前方，與我有三步之隔。

「看著我，深呼吸，」她說：「慢慢的踏出腳步。」

我照她的話去做，一步一步走向她，心跳速度逐漸放慢。錢若娟不但幫我一把，也想助隋雲一臂之力，可是遭到婉拒，老師遊說也沒用。這種上坡路我都走得頗為吃力，隋雲卻憑一己之力推著輪椅前進，想必她的臂力非同小可。

踩上水泥地時，我意識到自己的雙腿還在微微顫抖，幸好這段煎熬的旅程終於走完了。我深吸一口氣、環顧周遭，吊橋末端在這裡兵分兩路，左前方有座觀景臺，有人在那邊瞭望來時路，不時發出「好美啊」的讚歎聲。我沒勇氣回顧自己的懦弱，於是往右直走，兩百公尺之後的山路向左轉而出現岔路，一旁的路標指出左線通往生態公園，右線禁止通行。

就在此時，高勝遠和余唯心一前一後從岔路右線衝出來，兩人的神情都很驚慌，余唯心還發出尖叫聲。

他們倆怎麼了？

生態公園

我尾隨老師和錢若娟追上去，轉過一個彎道，一股濃郁的清香襲來，視野突然豁然開朗，眼前是綠油油的草坪、五彩繽紛的花圃和涼亭，遠處看得出來還有湖泊和森林步道，好一副靜謐祥和、欣欣向榮的景象，只可惜余唯心的尖叫破壞了美好氣氛，而這股騷動也引來大家的注意。

「余唯心，你在叫什麼？」許佳盈問。

余唯心驚魂未定，一張口卻上氣不接下氣：「他……他……」

「高勝遠他欺負你？」張旋問。

余唯心先搖頭，卻又點頭：「他……」

「你別說話！」高勝遠打斷她，並摀住她嘴巴。

她拍掉他的手，一時怒火中燒而叫出聲來：「剛才那麼恐怖，你還掉頭衝出去，把我丟在那裡！」

「我不是故意的！」

「別生氣，」方逸豐出來緩頰：「有話好好說。」

「都是你害的！」高勝遠沒好氣的說。

「我怎麼會害你，」方逸豐略顯驚訝的說：「我是在幫你。」

余唯心沒給高勝遠好臉色看，高勝遠不想理方逸豐，而方逸豐是一頭霧水。大家都霧煞煞之時，一身黑的游瑞文很不識相的來攪和，他遞出一個圓柱體給余唯心。

「這是你的保溫瓶嗎？」

她看了一眼：「那是高勝遠的。」高勝遠卻不領情，一掌拍落保溫瓶。

「把話講清楚，」老師出面主持正義：「余唯心，你來說。」

余唯心瞪了高勝遠一眼。

「我以為高勝遠是個暖男，」她開始說：「走在吊橋上面時，他一路陪伴我，橋身晃動時還扶著我，講笑話給我聽，沖淡我緊張的情緒。我本來在心裡已經給他按了三個讚。」

余唯心踢了地上的保溫瓶一腳，那個圓柱體容器滾了出去。

「下橋沒多久碰到分岔路，他提議走右邊那條。」

「那條路不是禁止通行？」

「他說我們去冒險一下嘛，反正夜探鬼火我都敢去了。」

由於前一陣子發生的魚池「熱汙染」事件，老師已經知道我們私下進行了兩次夜間探險行動。

「你中了他的激將法？」

余唯心點點頭：「那條路不長，走不到五分鐘就出現一個洞穴，他又提議進去看一下。我覺得不對勁，但還是跟著進去。裡面光線有點暗，盡頭好像透著光。」

「到底是什麼鬼地方啦？」王元霸說。

「後來我們看到小平臺，他說坐下來休息吧，接著從背包裡拿出一條桌巾鋪在平臺上，然後請我跟他一起坐下來，還問我會不會累，又從背包裡掏出保溫瓶給我，說喝溫開水可以潤喉。」

「這麼貼心！」章均亞說。

「我當時也很感動，」余唯心停了一下：「他突然把臉靠過來，然後……」

「要告白了！」蕭莉玲叫道。

高勝遠頓時臉紅。

「這時我身後突然響起詭異的聲音，那種唰唰唰的怪聲讓我全身起雞皮疙瘩，」余唯心的臉色瞬間慘白：「我回頭一看，淡淡的光線突然整個暗下來，好像有什麼黑色的東西要衝過來！」

「然後呢？」眾人都聽得屏息凝氣。

「然後他起身往外衝，我發呆了半晌，才趕緊往外跑，接著就跑到這裡來……」

全場安靜無聲，大家都跟我一樣納悶。

「會不會有人躲在裡面發出怪聲嚇你們？」馬玉珍說。

「我……我不曉得。」

「能在案件中獲得利益的人，通常就是嫌犯，」邱政說。

「所以呢？」

「所以躲在洞穴裡嚇你們的人應該是鄭少傑，他要阻止你和高勝遠交往。」

「胡扯，」鄭少傑反駁道：「我可沒有躲在洞穴裡面。」

「當時你人在哪裡？」

鄭少傑沒吭聲。

「不說話啊，」邱政得意洋洋的說：「作賊心虛了吧。」

「我可以幫他作證，」姚夢萱突然發言：「我一直跟他在一起。」

咦？怎麼搞的，這兩個人何時搭上線？

「何文彬呢？」邱政還不死心：「你有不在場證明嗎？」

「你是亂咬人的瘋狗啊？」何文彬氣得罵人：「去問老師，她是我的見證人。」沒錯，我們這一組可以幫何文彬作證。

這麼說來，洞穴裡沒躲人，而是有怪物要衝出來？那我們豈不是應該趕快閃人？

・　●　●　●　・

叩隆！叩隆！叩隆！我一直聽到的聲音又來了！原來是保溫瓶。剛剛從游瑞文手中被高勝遠拍掉的那個保溫瓶，不斷被人踢來踢去，現在剛好滾到黃宗一面前，被他彎腰撿起來。

「上面沒有姓名貼，為何你以為這是余唯心的？」

黃宗一沒有指名道姓，但大家都知道他在問游瑞文。

「我……我是用猜的。」

「表面上你猜錯了，其實錯得並不離譜，」黃宗一說：「持有人若不是余唯心，就是高勝遠。」

咦？這話什麼意思？我有聽沒懂。

「你對大自然生態有研究？」黃宗一問。

游瑞文眼睛為之一亮：「我有找書看。」

「你發現這座公園怪怪的？」

游瑞文點頭。黃宗一看著大家，可是沒人回應。

「沒看到蝴蝶、蜜蜂和小鳥在飛，你們不覺得奇怪嗎？」

對吔！他沒說我還沒注意到，公園裡的確沒有牠們活動的跡象。

「這是因為快要變天，」他說出結論：「所以牠們都躲起來了。」

「你怎麼知道？」邱政問。

「朝霞不出門，晚霞行千里，」黃宗一解釋道：「所謂的霞，是

指陽光照在雲層上所映出的紅色光彩。紅色愈顯著，代表大氣中的水氣愈多，意味著天氣即將轉為陰雨，」他停頓一下：「今天一早就有出現紅霞。」有幾個人點頭同意。沒錯，我也看到了。黃宗一轉身面向游瑞文。

「你可能查過資料，知道那裡有蝙蝠洞，所以進去查看……」

「蝙蝠洞？」余唯心和高勝遠齊聲說。

「沒料到這兩個人也跟著進洞，」科學怪探繼續說：「你只好躲在裡面，但不知為何驚動了蝙蝠。牠們一起拍動翅膀，結果嚇跑了這兩位同學。」

「蝙蝠？」余唯心露出嫌惡的表情。

「你出洞時撿到保溫瓶，如果沒打算物歸原主，你的行蹤並不會曝光。」他接著轉向方逸豐：「歸根究柢，其實這次的校外教學，幕後隱藏了一項陰謀。」

「什麼陰謀？」有好些人問。黃宗一卻沉默不語。我知道接下來要演哪齣戲了。

「在心理學的領域中，」隋雲接招了：「有所謂的『吊橋效應』，意思是說，走在搖晃的吊橋上，會由於提心吊膽而心跳加速，這時候若遇到一位條件不差的異性，當事人會將這種心兒蹦蹦跳的現象，誤解為對這位異性『心動了』。」

什麼？還有這種效應？

「找心儀對象去看恐怖片或坐雲霄飛車，也可以誘使對方產生愛情來了的錯覺。」

喔，這我就懂了。

「從分組和拉開各組間距來看，表面上是為了安全，但真正目的是要讓余高二人單獨相處，藉此產生吊橋效應。後來到洞穴裡休息喝水，只是要強化心動的感覺，只可惜被蝙蝠壞了好事。」

這麼說來，在幕後操盤的是方逸豐？難怪他提議來黑星山玩，原來早有預謀。

「某種程度上，這算是一種預謀犯罪，只不過沒有要謀財害命，而是要偷女生的芳心。」

大家全盯著方逸豐看。莫非他就是用這種手段追上湯子怡？只見方逸豐猛搖雙手，不知所云的說著「我……沒有……不是這樣……」我從沒見過他如此狼狽。倒是湯子怡落落大方的說：「我們之前的確走過這座吊橋。」

這時天空突然下起傾盆大雨，大夥兒趕緊躲到涼亭避雨。

「可惡，我沒帶傘。」有人抱怨。拜託，有誰知道要帶傘啊……等一下，隋雲的輪椅豎起了一把大號雨傘。我轉頭看黃宗一，他正好從黑包包裡拿出一件雨衣穿上。真是神機妙算，黃宗一不愧是黃宗一！

結果，吊橋組男性打電話給女助理的比例較高！

如果再把吊橋組的男性分成兩組，一組一過橋就接受女助理測驗，另一組過橋後先休息，等心跳呼吸平穩了再接受測驗。結果是一過橋就測驗的男性，打電話的比例較高。由此可見，生理反應確實影響了受試者的行為。

是那些人比較色吧！
不要說一些沒有科學根據的話！

人們常以為是心理感受造成身體反應，例如考了 100 分，大腦解讀這件事很棒，於是心裡感到開心，臉上就露出笑容；或戀愛了，於是見到喜歡的人會心跳加快、呼吸急促。但吊橋效應卻告訴我們未必如此，心理也會受到生理的影響或暗示。有一種大笑療法，運用的正是這個道理，不論當下是否開心，只要試著大笑，過一陣子心裡會真的開心起來，達到放鬆、抒解壓力的效果！

總之，人類真的很複雜，應該就像醫生說的，心理會影響生理，生理也會影響心理吧！

破案之鑰

有證據可以證明吊橋效應嗎？

當然，要提出一項理論可不是說說而已，必須有實驗佐證！大約 50 年前左右，曾有兩位心理學家找來一批男性，讓他們分組通過吊橋或普通橋，並測試反應：

吊橋組

緊張！緊張！
心跳加速、
呼吸急促！

橋又窄又高

對實驗有任何問題，都可以打電話給我喔。
撲通！

過橋後，由漂亮的女助理進行測驗。

普通橋組

心跳普通
呼吸普通

普普通通的橋

對實驗有任何問題，都可以打電話給我喔。
平靜～

過橋後，由漂亮的女助理進行測驗。

種種戀愛化學物質除了讓人的血壓、心跳、呼吸失去正常，還讓人瞳孔放大，一心一意把注意力放在對象身上，失去理性，無法看穿對方的缺點。可真是太糟了！

幸好，科學家發現戀愛初期的現象其實是暫時的！大腦無法長期分泌大量多巴胺，當這種快樂物質恢復正常，種種不合乎理性的強烈感受也會跟著漸漸消失。

但愛不只是戀愛初期的興奮感，良好的互動與擁抱還會激發人體產生催產素、腦內啡……，強化人與人之間的連結與依賴。例如腦內啡，是大腦生成的一種類似嗎啡的物質，能激發舒適、放鬆的感受，如嗎啡一般讓人上癮。白頭偕老一輩子，靠的可不是戀愛初期的多巴胺啊！

科學眼 人的心理會影響生理反應，但生理反應也會影響心理。

破案之鑰

那到底要怎麼知道自己是不是戀愛了？

沒談過戀愛的人，無法有太多評論。不過科學家倒是對這個主題做了不少研究。

簡單來說，當一個人陷入愛河，體內有些化學物質會大量分泌，例如苯乙胺、多巴胺……，這些物質會影響大腦，讓人有「來電」的感覺，尤其是多巴胺。

喜歡
不喜歡
喜歡
不喜歡……
我想我戀愛了～
冷靜點，可能只是多巴胺在作祟。

多巴胺是一種神經傳導物質，跟神經、大腦的運作關係密切。當大腦分泌大量多巴胺，會讓人產生強烈的幸福感，覺得興奮、快樂，因此多巴胺也稱為「快樂物質」。

想知道自己是不是陷入愛河，也許可以試著檢驗看看體內多巴胺的量，應該可以得到一些線索吧——只是，真的要為這件事上醫院嗎？

第十話 百貨公司男廁事件

刑案現場禁止進入
刑案現場禁止進入
刑案現場禁止進
刑案現場禁止進入
刑案現場禁止進入
刑案現場禁止進入

這世上有絕對的事情嗎？

王元霸再怎麼剽悍，若和錢若娟對打十次，不見得每次都會贏吧。醫生說凡人逃不過生老病死的宿命，也未必吧？科學愈來愈發達，說不定哪天就找到延年益壽的辦法。老師說每個小孩都是父母的心肝寶貝，是嗎？我爸根本不喜歡我，沒揍我就偷笑了。還有科學家說，數學之中存在著真理，比方說一加一等於二，任何一張考卷都會告訴你這絕對是標準答案。

等一下，實情真的是這樣嗎？

・・・・・

「看起來很普通嘛！」許佳盈大剌剌的說。沒錯，當我們這一班浩浩蕩蕩的走進警察局時，我心裡也是這麼想的。

「別這麼早下判斷。」邱政一臉不悅。

也難怪他要出言抗辯，因為這是他父親上班的場所，也是他提議來這裡參觀。但至少他父親很給他面子，我們快要走到警察局時，就看見邱爸站在大門迎接了。

「請排好隊，依序前進，」邱爸邊說邊帶頭往前走：「不要碰任何東西。」

我們經過的桌面有些放了警棍，但沒看到警槍。據說警槍不能隨便擺，因為弄丟槍是警界的大忌，我記得電影有演過。

這次是在邱政的強力鼓吹下，我們才會在六年級舉辦的職涯探索日——也就是今天，來到警察工作的地方參觀。其實我內心還滿興奮的，因為我將來想當名偵探，而警探和偵探只有一字之差！

「各位同學，」邱爸提問：「請問警察抓到嫌犯之後，要做什麼？」

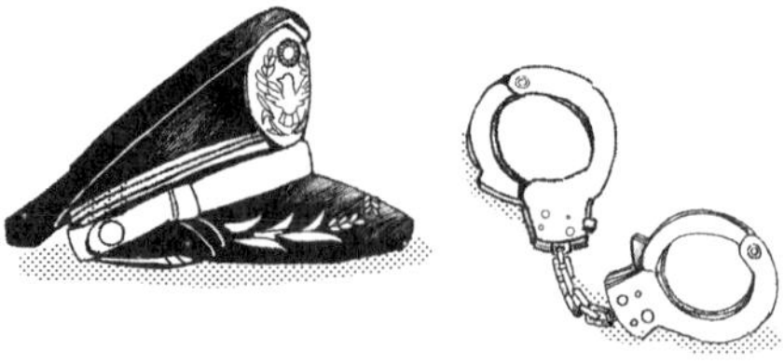

「帶回警局偵訊！」邱政立刻回答。

「很好，」邱爸意味深長的看了邱政一眼：「但是請你把機會留給其他同學。」

「嚴刑逼供！」高勝遠搶著說。

「現在都什麼時代了，警方不再私刑逼供了，」邱爸面露苦笑，打開偵訊室的門：「大家請進。」

我們往裡頭一擠，空間馬上顯得壅塞。這裡的陳設很簡單，室內頂多八坪大，正中央擺了張方桌，周遭放了四張椅子。除了對門牆壁的上半部裝了一大片深色玻璃之外，其他牆面統統刷白。

「這就是雙面鏡？」方逸豐指著那片深色玻璃問。

「沒錯，」邱爸說：「偵訊嫌犯時，會有精通犯罪心理學的同仁或顧問站在鏡子的另一邊觀看，試圖從嫌犯的眼神和肢體語言當中，找出與供詞矛盾之處。」

「我們看不見玻璃窗後面的人，」望著深色玻璃發呆的余唯心突然說話：「可是玻璃窗後面的人看得見我們？」

「沒錯。」

「這不是很恐怖嗎？像被人偷窺。」

「這麼做是為了突破犯人的心防，」邱爸說：「不過，你說的沒錯，這的確是在偷窺，有些不肖的旅館或服飾店業者會在更衣室裝這種雙面鏡。」

「這樣不就被看光光了？」余唯心道。

「別怕，我教你們一個鑑定雙面鏡的方法，」邱爸以專業的口吻說：「你們在更衣室脫衣之前，先伸出指尖觸碰鏡面，如果指尖與倒映的影像之間有空隙，大概是如假包換的鏡子；如果指尖直接觸及反射的影像，就是雙面鏡。」

姚夢萱站的位置離雙面鏡最近，她朝著鏡面伸出手指。

「真的吔，」她驚呼：「鏡子裡外兩邊的指尖連起來了。」

「這個世界上壞人不少，懂得保護自己很重要，」邱爸說：「我們前往下一站吧！」

邱爸帶領大家轉入隔壁的檢驗室。這裡的擺設複雜許多，靠牆的長桌上放了一排電腦，每臺電腦似乎都在跑數據；其他空間則切分成

好幾個小隔間。隔間裡放了許多器材，像是攪拌器、烘箱、漏斗、培養皿、滴定管、鑷子、燒杯，還有許多我叫不出名字的東西。

「要將嫌犯定罪，除了合法取得他們的自白口供，還得蒐集有效的實體證據，譬如遺留在案發現場的指紋、血液、體液、皮膚和毛髮，然後透過ＤＮＡ鑑識來判定加害者或被害者的身分。警探或鑑識人員在現場蒐集的物證，都會送回這裡檢驗，最後再提交檢調單位做為參考……」

遠方傳來的電話鈴聲打斷邱爸的解說，他匆匆忙忙跑去接聽。

幾分鐘後，他臉色凝重的回來找我們：「各位同學，很抱歉今天的行程必須在此中斷。我們接到民眾報案。」

「要趕人了？」何文彬怒眼圓睜。

「邱爸你去查案，」王元霸說：「我們可以自行參觀。」

「這地方不能讓你們自由活動。」

「爸，可以帶我們去案件現場嗎？」邱政插嘴問。

邱爸皺起眉頭，隨後抬眼看向玉茹老師。

「如果現場不血腥也不恐怖，適合同學就近觀看，那麼我並不反對。」老師說。

邱爸沉思片刻。

「好吧，跟我走，幸好現場離警局只有一個路口。」

全班浩浩蕩蕩的走進一家六層樓高的百貨公司，案發現場在一樓角落的男廁，如今廁所外面圍起了黃色封鎖線。

邱爸直接進入男廁，我們被擋在封鎖線外。等了一陣子，邱爸一臉鐵青的走出來。

「破案了嗎？」邱政問。

「這案子很怪……」邱爸喃喃自語。

「哪裡奇怪？」邱政說：「快告訴我們，我們也想知道，大家可以集思廣益。」

邱爸沉默良久，眼神突然飄向黃宗一。

「好吧，我先敘述案情給你們聽，」邱爸總算同意：「待會兒你們再進去現場。」

經由我這位業餘偵探的聆聽，案情梗概如下：

有兩位先生（目擊者甲和目擊者乙）在男廁外面等候，他們的女伴在女廁補妝。他們先是看見一位中年男子走進男廁，接著一位濃妝豔抹的年輕女士也跟著進去。兩位先生正覺得奇怪，這位女士是不是走錯地方？就聽到廁所裡面傳來爭吵聲，他們倆猜想大概是情侶吵架。突然間爭執聲停了，他們倆愈想愈不對，於是甲去找警衛，乙留在原地。五分鐘過後，甲帶著警衛回來，三人一起進入男廁一看，哪來的中年男子和年輕女士，廁所裡只有一個男孩，而且全身只穿著內褲昏倒在地。

「會不會是趁乙不注意時溜出廁所？」邱政說。

「乙說他可以掛保證，從甲離開一直到警衛過來為止，中間沒有

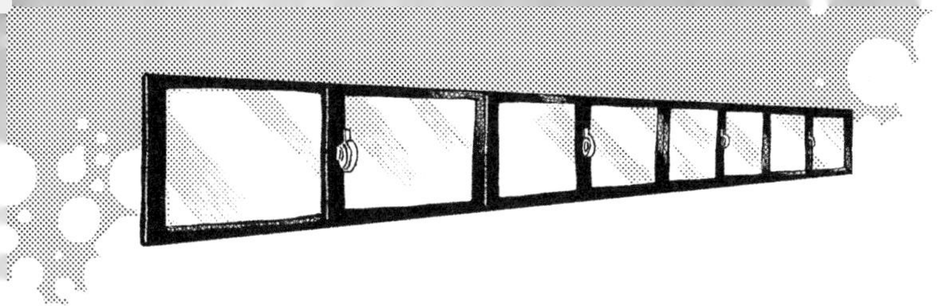

任何人進出，」邱爸提出證人供詞：「我們調閱了男廁外的監視器，結果證實他的說詞。」

「廁所裡有後門嗎？」錢若娟問。

「沒有，但是牆上有四扇窗戶。」

「會不會是爬窗戶出去？」張旋說。

「不排除這個可能，」邱爸停了一下：「但是那個小孩怎麼冒出來的？」

「該不會是生出來的吧？」蕭莉玲說。

這是胡扯，不是推理，邱爸一臉哭笑不得。這時廁所門旋開來，兩名醫護人員用擔架把昏迷的男孩抬出去。雖然是匆匆一瞥，但我看到那個男孩一臉慘白……而且，看起來有點眼熟……

「算了，你們進去看一下就好，不要任意走動，也不要碰任何東西。」邱爸說。

刑案現場禁止進入
刑案現場禁止進入
刑案現場禁止進入
刑案現場禁止進入
刑案現場禁止進入
刑案現場禁止進入

我們才跨入門口，就被三名警察擋住，阻止我們再往前走，但裡面的情況還是一目了然。進門後，左側有一整排小隔間，是上大號的地方；右側是一整排小便斗，上方有四扇窗戶；左後方和右後方分別設有平臺和水龍頭。此外，地板上有個人形圖案，昏迷的男孩應該就是倒在那裡。光溜溜的躺在地上一定很冷吧……

「剛才那個男生是我們班上的趙凱昱吧？」有人說。

咦，沒錯，就是他，難怪我覺得有點眼熟，他就是缺課很久、引起黃宗一抱怨的趙凱昱。真是見鬼了，他怎麼沒待在家，反而憑空出現在這間男廁？

回警局之後，班上同學全都心不在焉，即使臺上的檢驗室主任說得口沫橫飛，臺下根本沒幾個人在聽演講。怎麼回事？一個男的和一個女的走進廁所，結果剩下一個男的，也就是說一加一不等於二而是一，況且最後剩下的一和先前的兩個一完全不一樣……什麼跟什麼啊，我愈想愈糊塗。

我還聽到有人議論紛紛：「趙凱昱不是半夜削斷蘋果皮，結果被拉入鏡子嗎？」「難不成他是從廁所的鏡子爬出來？」「好可怕，這不就是貞子2.0版？」……明明覺得很荒謬，但我還是不禁頭皮發麻。

這時臺上的主任講了一句話，吸引了我的注意力。他說：「一加一等於二，我要證明這句話是錯的。」

只見講桌上有三個容器，左邊和右邊的容器都裝滿透明液體，中間容器則是空的。

主任先拿起左邊容器，在量杯裡倒了三百毫升的液體，接著拿起右邊容器，在另一個量杯裡也倒了三百毫升的液體。「請各位仔細看，」他一手拿著一個量杯，同時往中間容器倒下去：「啊哈，一加一不等於二！」

咦？倒入中間容器的液體，居然不足六百，只有五百多毫升！

「騙人！」馬玉珍說：「量杯或容器一定動了手腳。」

「不可能，」主任說：「檢驗室的器材都必須精準無比，這是我們鑑識科最重視的原則。」

「再變一次！」何文彬說。

主任微微一笑，先將中間容器的液體倒入水槽，然後重複先前的動作，結果三百加三百還是只有五百多，不足六百。

「可以把液體還原嗎？」黃宗一問。

「你是指把混合的液體還原為兩杯？」主任尷尬一笑：「抱歉，沒辦法。」

黃宗一看著講桌上的容器和量杯。

「對，一加一本來就不等於二，」他像在自言自語，然後站起來：「邱警官，請問剛剛廁所裡的那個男孩有何異樣？」

送去醫院的趙凱昱還沒甦醒，他的爸媽也聯絡不上。

「他幾乎全身赤裸的躺在地上，這還不夠奇怪嗎？」邱爸回答。

「除此之外，還有什麼奇怪的地方？」

「後腦勺腫起來，」邱爸抓了抓頭：「硬要說的話，他臉上濕濕的，像是剛哭過。」

「像哭過？」黃宗一想了想說：「廁所垃圾桶裡的廢棄物全都帶回來了嗎？」

「全都在這裡，」回答問題的是檢驗室主任：「但是目前進展有限。」

黃宗一走到講臺旁邊，摸了摸鼻子。

「我可以破解這個戲法，」他說。

「一加一要等於二，前提是這兩個『一』是同性質的東西，例如一百毫升的水加一百毫升的水，會等於兩百毫升的水。若是不同性質的東西加在一起，結果可能不一樣。例如三百毫升的水，」他拿起左側容器，再拿起右側容器：「加上三百毫升的酒精。水和酒精都是由微小的分子組成，分子間存在著肉眼看不到的縫隙。當水和酒精混合時，水分子和酒精分子會進入彼此的縫隙，加上分子間的引力發生改變，造成體積變小的現象。」

原來一個是水，另一個是酒精。兩個都是透明液體，所以我們被誤導了。

「厲害厲害，」主任大力鼓掌：「你是第一個破解我戲法的人。」

「以此類推，百貨公司的事件也可以破案了。」

黃宗一說完，隨即走回座位。只見眾人的目光全投向隋雲，似乎都在等待她說明。

「表象會騙人，」隋雲果然不慌不忙的說：「同樣是透明液體，但一個是水，另一個是酒精。百貨公司男廁案要倒過來思考，明明是同一人，卻因為化了妝，結果被誤認為兩個人，一個是年輕女子，

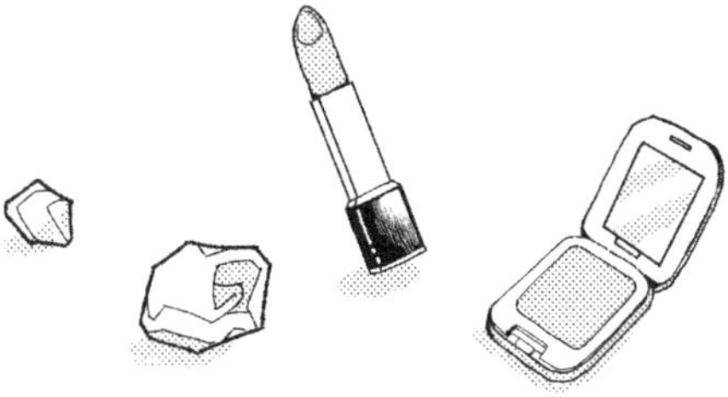

另一個是趙凱昱。」

這話引發全場躁動，我也不敢相信自己的耳朵。

「人不會憑空冒出來，」她繼續說：「昏倒在地的趙凱昱，必然是進入男廁的兩人之一。但為何他身上只剩內褲？脫人衣服若不是要掩蓋某件事，就是很討厭看見有人男扮女裝。我推測進入男廁的兩人起了口角，男的可能推了女的一把，害女的後腦勺撞到地面而昏倒，這時男的發現對方是男生，基於某個原因將男孩身上的女裝全部脫掉，然後帶著女裝爬出窗戶，逃之夭夭。」

「男孩的臉上為何濕濕的？」邱爸問。

「他沒哭，」隋雲說：「是被人用沾水的衛生紙擦臉，把妝都擦掉了。」

「原來如此，你是想知道垃圾桶內有沒有殘餘的化妝品成分。」

邱爸看著黃宗一說。

「找到了，」有個鑑識人員跳起來說：「垃圾桶裡真的有沾到口紅和粉底。」

好險！若不是有黃宗一和隋雲，差點就成為一件懸案了。

・・・・・

後來警方聯絡上趙凱昱的母親，原來她在家裡酒醉不醒。趙凱昱的父親經常不在家，每次外出，母親就叫兒子去跟蹤。為了避免被父親識破，母親強迫趙凱昱穿上女裝又化濃妝，今天就是被父親逮到了，結果被剝光光。想必趙凱昱的父親對他男扮女裝感到很生氣吧！

嚴格說來，我覺得趙凱昱比我還慘，父母感情不和，他夾在中間，一方面被迫去跟蹤父親，另一方面還得照顧酗酒的母親，再加上被迫外出穿女裝，想必會造成人格扭曲，也難怪他變得不快樂。

青鳥說家家有本難念的經，沒什麼好比較，重要的是設法讓自己過得好。青鳥表示願意幫我，但是勸我先想清楚，是要留在原地忍受這一切，還是到別的地方重新開始。留與不留，我也不曉得該怎麼辦，這可不像一加一等於二那麼單純啊……

真相需要科學證據！

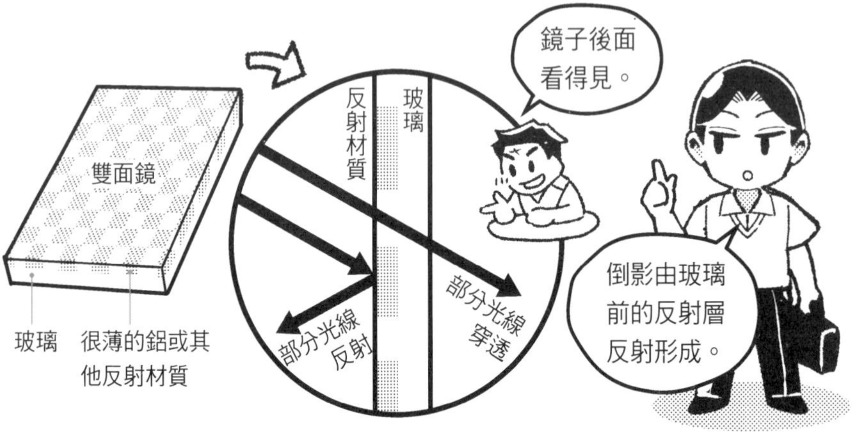

既然雙面鏡的前後都能看到影像，為什麼一面看起來像鏡子，另一面卻可透視？關鍵在玻璃兩側的明暗程度——是不是很耳熟？請翻到第一集第 35 頁復習一下。雙面鏡做為鏡子的一側必須保持光線明亮，另一側盡可能保持黑暗，才能達到祕密監看的效果。

不過，有些雙面鏡的反射材質鍍在監看的一側，這時用手指檢查鏡子的撇步可就失效了。那該怎麼辦？既然雙面鏡可透光，用強光對著鏡子照射，例如雷射光筆、手電筒，看看光線會不會穿透，就能分曉。

人要懂得自保，但最好是不要遇到歹念的不肖份子！

科學眼 雙面鏡反射光線的效果好，但也能讓部分光線穿透。保持雙面鏡兩側的明暗差異，才能達到監看的功能。

破案之鑰

雙面鏡的原理是什麼？

如果仔細讀過前面的事件，應該會覺得不難懂！

鏡子是玻璃鍍上一層銀或其他可反射光線的材質，會把照射到鏡子的光線反射回去，因此照鏡子的人可以看見自己的倒影，但鏡後的人接收不到光線，看不見影像。

雙面鏡也是玻璃製成，也鍍了一層金屬，一般是在前方鍍了極薄的鋁，除了可反射光線，部分光線會從反射材質的縫隙之間穿透，抵達玻璃的另一側。

由於鏡子是由玻璃後方反射光線，雙面鏡是由前方反射光線，產生倒影的位置不同，因此手指碰觸鏡面時，與倒影之間會有相連或不相連的差別。

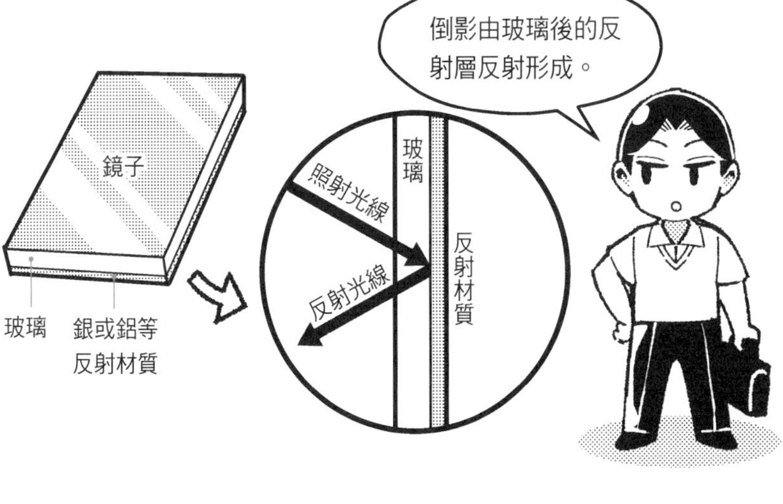
倒影由玻璃後的反射層反射形成。
鏡子
玻璃
銀或鋁等
反射材質
玻璃
照射光線
反射光線
反射材質

再把沙子換成滿滿一桶排列整齊的小方塊。先將高爾夫球和小方塊從桶中取出，充分混合後再裝回桶內，會發現兩個桶子無法將所有東西裝入：

物質由小分子組成，不同分子的大小和形狀不同，互相混合時，可能發生類似高爾夫球和沙子，或高爾夫球和小方塊的狀態。另外，分子之間還有作用力，當溶液混合，分子間的作用力可能發生改變，影響分子間的距離，進而影響體積。酒精加水是一加一小於二的例子，但一加一也可能大於二，例如名字很難記住的二硫化碳和乙醯乙酸，混合後的總體積就會比各別體積相加來得大！

科學眼 只有理想溶液，混合後的總體積才會等於各別體積相加，但其實溶液經常是不理想的——像極了人生。

破案之鑰

一加一可能大於二嗎？

科學上有「物質不滅」的定律，世間萬物不會平白無故消失，背後總有個道理。有時是變成熱散失掉了，有時是從這個物質變成了另一個物質，或是由質量轉變成巨大的能量……

酒精加水，體積會變小，但如果題目改成 300 公克的酒精和 300 公克的水混合，重量是多少？答案會是 300 ＋ 300 ＝ 600 公克，可見原有的酒精和水並未消失，只是溶液當中不知發生了什麼事，造成體積改變。

先拿一桶裝得滿滿的高爾夫球，和同樣一桶裝滿的沙子，把沙子倒入高爾夫球當中，會發現球之間可容納不少沙子，使物體占據的總體積變小：

1 桶高爾夫球 + 1 桶沙子 < 2 桶
一加一可能
小於二喔！

第十一話

誰偷了考卷?

第一次聽到「識人不明」這四個字，是出自於我媽口中。當時我爸媽在吵架，她突然冒出這樣的臺詞：「我真是識人不明啊，當年怎麼會傻傻的跟了你，從此過著苦日子……我真悲慘啊……」從那時候起，這四個字不斷的在我家出沒，我才發現「識人不明」原來是我媽的口頭禪。有些時候我爸會惱羞成怒，甚至還動手動腳，我媽也就更悲慘了……

被悲慘的母親生下來，在悲慘的家庭中長大，難怪我也過得挺悲慘的。

一直以來，我始終認為「識人不明」代表了負面的意思，但今天我有了另一層領悟，「識人不明」說不定是件好事。

玉茹老師走進教室時，表情有點嚴肅。

「各位同學，昨天的數學隨堂測驗，今天下午要重考。」她說。

「為什麼？」「怎麼會這樣？」「哪有這種事？」「我不要！」全場一陣譁然。

這也難怪啦，對成績好的同學來說，再考一次是浪費時間，對成績差的同學而言，重考一次簡直是再經歷一次折磨。

「是不是有人作弊，」邱政問：「所以考試成績不算數？」

此話一出，何文彬和王元霸等人立刻成為眾人的目光焦點。

「沒有人作弊，」老師說：「是考卷弄丟了。」

弄丟了？拜託，這太扯了吧，是誰搞出這種烏龍？

「老師犯的過錯，不應該由學生來承擔。」馬玉珍語帶嘲諷的說。

「對不起，這是我的錯。」真是令人跌破眼鏡，站起來低頭道歉的人，居然是湯子怡。

原來，教數學的范義文老師，交代湯子怡放學後去他家拿批改完的考卷，並請她登記全班的分數。可是在回家途中，不知怎麼的，她竟然弄丟了整疊考卷。

「你沒回頭去找嗎？」鄭少傑問。

「當然有啊，」湯子怡一臉尷尬的說：「但就是找不到。」

「你該不會是沒考好，乾脆把考卷扔了？」章均亞提出質疑。

這話不無道理。但問題是湯子怡不像這種人，她是數學小老師，印象中她的數學考試成績從未低於九十五分。

「只弄丟考卷嗎？」邱政又問。

湯子怡遲疑片刻才回答。

「還有我的六千元鋼琴學費。」

「我就說嘛，」邱政說：「誰要拿走我們班的考卷？一定有別的

動機才對。」他起身對大家宣布：「要不要來玩安樂椅神探的遊戲，看誰能把失物找回來？」

所謂的安樂椅神探，就是不需親臨現場，光聆聽當事人敘述案發過程，就能查出真相的神人。於是在大家的慫恿下，搞丟考卷的當事人開始敘述整件事的經過。

‧ ● ● ● ‧

昨天放學後，湯子怡按照范義文老師提供的地圖和地址，前往他家拿數學考卷。老師家離學校並不遠，沒多久就找到了。她把整疊考卷放入手提袋，袋子裡面還有鋼琴教本和裝了六千元的信封袋。她離開老師家要去上鋼琴課，途中遇到一位拄著拐杖、行動不便的老先生。湯子怡迎向前去，問他是否需要協助。

「我要去WE便利超商，」老先生說：「不過謝謝你，我自己可以走路去。」

湯子怡心想，你走得這麼慢，要走到民國幾年才會到？

「爺爺，我扶你過去，這樣比較快。」

「哎呀，到了我們這種年紀，快慢已經不重要，因為時間多到用不完。」

「爺爺，讓我幫你嘛，我今天還沒有日行一善呢。」

實在是拗不過湯子怡，於是在她的扶持下，老先生帶路前往WE便利超商。

老先生進入超商，從架上拿了一條土司，走到櫃檯掏出錢包要結帳，他顫巍巍的手指頭點算著錢包裡的五元與十元硬幣，一不小心，銅板稀里嘩啦的掉了一地。湯子怡立刻上前，幫忙老先生點算出正確的金額交給櫃檯小姐，並撿起地上的零錢放回錢包，隨後一手拿著土

司，另一手扶著老先生走出超商。她心想，乾脆好人做到底，於是護送老先生回家去，幸好他家沒很遠，只要過兩個路口，然後轉進巷子就到了。

日行一善之後，湯子怡走出巷子回到馬路上，這時她傻眼了，因為周遭的環境很陌生，她不曉得自己身在何處，更糟糕的是，她的手提袋不見了！

冷靜下來，回想一下，對了，當時她為了幫老先生結帳而點算硬幣，順手將手提袋放在WE便利超商的櫃檯上。問題是，她現在分不清東西南北，該怎麼走才能回到那家超商？

正在不知所措的當下，湯子怡看見一位背著大包包的年輕小姐走向她。

「這位姊姊，請問這附近的WE便利超商怎麼去？」

那位小姐露出困惑的表情。

WE
WE
WE

「你不曉得 WE 便利超商在哪裡?」
「我不住這裡，而且我好像迷路了。」
「你要去 WE 便利超商幹嘛?」
「我的手提袋放在那邊忘了拿，我要去把它拿回來。」
那位小姐露出若有所思的表情。
「好吧，我帶你去。」
耶!太好了。她們走了一段路，過了一個路口，轉了個彎，進入巷子就看到 WE 便利超商。她興沖沖的跑進去，卻像是被潑了一桶冷水，因為櫃檯上沒有看到她的手提袋。她趕緊詢問櫃檯店員。
「什麼手提袋?沒這個東西。」櫃檯的店員小姐回答她。
「不會吧，我半小時前就站在這裡。」
「妹妹，你不要鬧了，」那位小姐用不高興的口氣說:「半小時前我沒見過你。事實上，你根本沒來過這裡。」

「怎麼可能？我明明跟一個行動不便的老爺爺一起進來啊！」

「什麼老爺爺？我也沒看到。」

怎麼回事？一個小六女生和一個老爺爺走進來，這應該是很明顯的目標啊，為何說她根本沒看到？為什麼她要說謊？

這時候旁邊有個穿超商制服的大哥哥在上架補貨。對了，先前她在結帳時，還有一個大哥哥站櫃檯。問他也許會知道，沒想到他的答覆也是沒有手提袋、沒見過她、也沒看到拄著拐杖的爺爺進來過。

湯子怡真的是一頭霧水。那位好心帶她過來的年輕小姐還出面緩頰，眼看他們三人在櫃檯後方小聲交談，並且不時轉頭看她。最後那位好心的姊姊走出櫃檯，拉著她的手臂離開超商。

「不管怎樣，你的手提袋沒在這裡，不然就是被別人撿走了。」

聽到這句話，湯子怡還能怎麼辦，只能悻悻然的跟著那個姊姊走回學校附近，然後回家，鋼琴課也不上了。

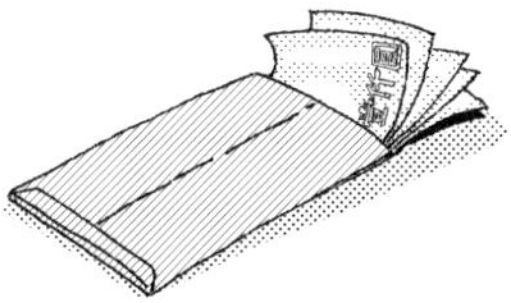

平常總是面帶微笑的湯子怡，難得一臉沮喪。

「真相只有一個，」何文彬伸出食指，率先搶答：「櫃檯的小姐看到六千元，一時起了貪念，就把手提袋藏起來了。」

「這個可能性不大，」邱政儼然主持人般的出言反駁：「進出超商的顧客很多，東西忘了帶走的情況也很常見，超商員工受到的訓練是暫時保管遺留物件，等待客人上門取回。」

「店裡面不是都有裝監視器？」余唯心問。

「沒錯，」邱政說：「就因為這樣，超商員工更不可能私吞客人遺留在櫃檯上的東西。況且，」他停頓一下，看著湯子怡說：「她長得這麼可愛，那位男性員工一定會幫忙，而且還會說『妹妹，你掉了東西喔，別擔心，哥哥來幫你找……』」

「呦！好噁心喔！」章均亞叫道。邱政模仿的口氣是很噁心，不過他說的沒錯，超商的值班人員至少會有兩位，既然其中之一是男生，應該會很樂意幫湯子怡。她真的很受男生歡迎。

「可以要求調閱監視器嗎？」張旋問。

「要有正當理由才行，」邱政說：「不然每個人都說要看監視畫面，超商員工豈不是不堪其擾？」

「會不會是范老師給的考卷有問題？」宋謙說：「湯子怡拿到手之後過了十分鐘，那疊紙就煙消雲散了。」

「你以為范老師給的是冥紙啊，」邱政說：「就算范老師真的耍了一手魔術戲弄湯子怡，不見的也只會是考卷，不會整個手提袋都消失無蹤。」

「你自己的推理呢？」馬玉珍問。

「與受害者有所接觸的最後一人，通常會被警方視為嫌犯，」邱政說：「我覺得那個老爺爺有問題。他跟湯子怡靠得很近，搞不好順手摸走了手提袋。」

「不可能，」湯子怡斬釘截鐵的說：「老爺爺一手拄著拐杖，另一隻手被我牽扶著，哪有機會摸走手提袋。就算真的是被他拿走，一手拐杖一手手提袋，我不可能沒看見。」

這話也有道理，於是全場陷入僵局。

我記得以前讀過一則短篇小說，故事的女主角和新婚夫婿要搭船出海蜜月旅行。他們登上郵輪，在服務員的引導下進了房間，接著女主角沐浴更衣，打算跟夫婿去吃一頓浪漫晚餐，這時卻發現夫婿不見了。她走遍整艘船，就是找不到人，只好求助於服務員，沒想到得到驚人的答覆。從登板時的接待人員，一直到船上的每位工作人員，大家異口同聲的說「你是獨自上船，根本沒有什麼夫婿陪你旅行」。這是怎麼回事？大家為何要騙她？還是她精神異常發瘋了？湯子怡看起來不像發瘋，那到底是誰說謊A走了手提袋？

「黃宗一，你也說句話吧！」邱政說。

「我先做個實驗，」黃宗一把鄭少傑和高勝遠叫到外面走廊，並且請姚夢萱協助，四個人在教室外頭不曉得在幹嘛。十分鐘後，四人走進教室，黃宗一和姚夢萱回到座位上，鄭高兩人分站黑板兩端，全場噓聲四起。奇怪了，他們兩個怎麼變成這樣？

「子怡，他們倆……」方逸豐站起來喊話，但還沒說完就被黃宗一打斷。

「你坐下，不要講話，」他喝道：「湯子怡，你看他們在黑板上寫什麼。」

右側的高勝遠寫了「湯」字，左側的鄭少傑寫了「潘」字，湯子怡全都答對了。

哦！我懂了，黃宗一在測試湯子怡有沒有近視。但我還是不明白，為什麼他們倆……

「右邊那個人是誰？左邊又是誰？」

潘湯

令人錯愕的情況發生了。明明右邊是穿黑衣、頭髮服貼的高勝遠，左邊是穿白衣、頭髮蓬亂的鄭少傑，湯子怡的回答卻剛好相反。雖然鄭少傑和高勝遠他們倆互換衣服穿，髮型也顛倒，可是光看長相也知道誰是誰啊。

「你不會認人對吧，」黃宗一說：「你這個情況叫做臉盲症，醫學上稱做『面孔失認症』，患者喪失了將臉上各個元素統合起來的能力，一般認為是遺傳或腦部損傷才導致這種症狀。」

「這是遺傳造成的？」蕭莉玲問。

「根據研究，每一百個人當中，約莫有兩人會罹患臉盲症，其中有部分和遺傳基因有關。」

「所以我跟……」錢若娟停了一下才說：「臉盲症患者打招呼，他們根本不認得我？在他們眼中，我的臉就像一團糊糊？」

「不是這樣的，」湯子怡說：「我看得見你的眼睛、鼻子、嘴巴，

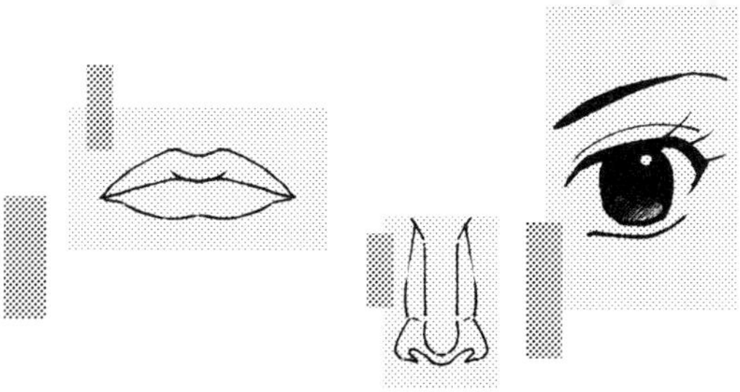

但我無法辨認出你是誰。」

「這什麼意思？我聽不懂。」王元霸說。

「簡單的說，見到一個人，我們的大腦會記住對方的五官特徵，下次再見到此人時，大腦會辨認這個人的臉型，接著比對記憶中的面孔，最後識別出此人的身分，」黃宗一加以解釋：「但臉盲症患者缺乏辨認臉型的能力，甚至不認得自己的面孔。」

看到很多同學仍然一頭霧水，科學怪探又說：「假設前面站了七隻猩猩，從左到右的編號是一至七，每隻猩猩的眼睛鼻子嘴巴你們都看得很清楚。現在叫牠們解散再重新排好隊伍，除非你們是動物學家，否則應該分不出哪隻猩猩是一號或二號。湯子怡的情況就像這樣，差別只在於把猩猩換成人臉。」

哦，黃宗一的舉例說明非常清楚，我一聽就懂了。

「臉盲症有藥醫嗎？」許佳盈問。

「目前還沒有，但是可以透過訓練來克服這個障礙，像是藉由髮型、聲音、氣味和穿著打扮來認人。」

原來如此，難怪黃宗一要鄭少傑和高勝遠互換造型，目的是要測試湯子怡。

「線索已經提供給各位，就看哪位安樂椅神探要來破案。」

全場安靜無聲。一分鐘過後，有個清脆的聲音發言了。

「整個事件中，只有一個人說謊，」隋雲說：「那就是好心幫忙帶路的小姐。」

蛤？怎麼會是她？

「從湯子怡的立場來看，她是對路上偶遇的行人求救，」隋雲說：「但換個角度，其實那位小姐是來找她的，大概想歸還手提袋，卻發現這個小妹妹不認得自己這個超商員工，於是轉念把袋子占為己有。」

WE

「手提袋藏在哪裡？」湯子怡問。

「藏在她的大包包裡面，」隋雲說：「她發現你不認得她，心裡起了歹念，於是帶你去別家WE便利超商，所以找不到你的手提袋，當然也沒人見過你。」

對喔，有的街區會有兩三家超商，湯子怡臉盲又路痴，難怪會被糊弄過去。

「只要找出離范老師家最近的那幾間WE超商，再請邱爸出面調閱監視器，鎖定昨天下午四點前後的畫面，應該就可以找到犯人、取回手提袋了。」

唉，哪來的安樂椅神探，看來我們班只有輪椅神探……

這件事落幕的同時，也解開了另一個謎團：湯子怡和方逸豐為何成為班對？原來關鍵不在以貌取人，而是看重彼此對待的真心。湯子怡自己透露，方逸豐每天一到學校就先告知自己穿什麼顏色的衣服，並提醒她其他同學的穿著打扮。到後來，不用方逸豐提示，她已經能夠辨識出他的存在，因為她感受到他內心的溫柔與真誠。

這麼說來，「識人不明」反而是件好事，不必受到外表的牽絆，只要從內在去了解一個人就行了。青鳥說老天爺若關上一扇門，同時也會幫你開一扇窗。現在青鳥是不是幫我開了一扇窗，讓我有重新開始的機會？我是不是要趕快把握良機呢？

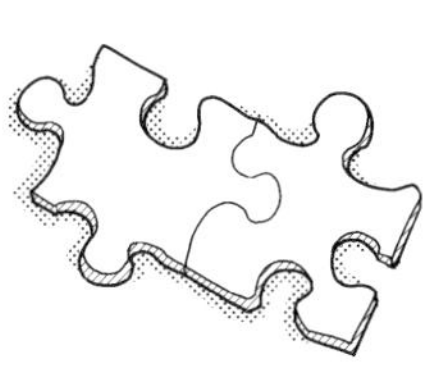

腦無關！腦部不同的區域負責不同的功能，並有不同的名稱，和視覺有關的區域主要位在後腦勺，叫做「枕葉」。

科學家認為，視神經會把訊息傳到大腦的枕葉，在此先建立模糊的影像，接著把訊息傳送到大腦的其他部位做進一步處理。其中一條路徑往上傳送，負責判斷所見物體的空間位置；另一條路徑往兩側傳送，負責辨識所見物體的內容。所有訊息整合之後，我們才能看到清楚的畫面，並且和外界互動。如果和視覺有關的區域受傷，即使眼睛正常，還是可能「有看沒有到」，或者看了也不知道！臉盲症正是其中一個例子。

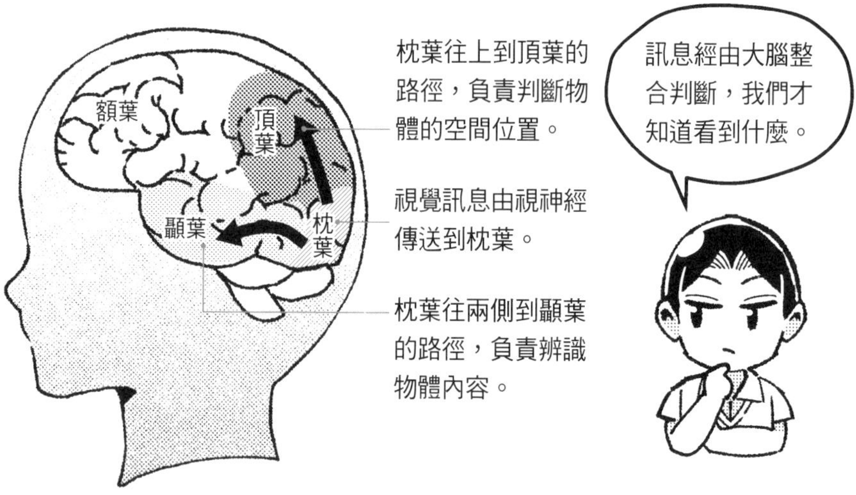
額葉
頂葉
顳葉
枕葉
枕葉往上到頂葉的路徑，負責判斷物體的空間位置。
視覺訊息由視神經傳送到枕葉。
枕葉往兩側到顳葉的路徑，負責辨識物體內容。
訊息經由大腦整合判斷，我們才知道看到什麼。

破案之鑰

其實是大腦惹的禍！

之前說過，我們能看見，是因為光線進入眼中，但光線進入之後，又發生了什麼事？根據臉盲症的例子，可知真相並不單純！

話說「眼睛為靈魂之窗」，上面還真的有個能讓光線通過的「洞」，那就是瞳孔。光線由瞳孔進入眼睛，最後抵達眼球底部的視網膜。視網膜含有許多層細胞，能將光轉化為神經訊息，再經由視神經將訊息傳送到大腦。

大腦可說是人體內最複雜重要的器官，幾乎主宰我們的一切，舉凡思考、感覺、記憶、行為……沒有一項跟大

光線由瞳孔進入眼睛

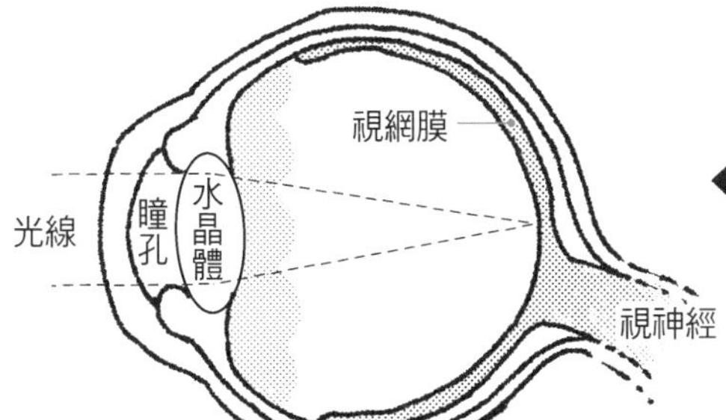

眼睛透過視神經和大腦相連

腦中分辨空間位置的路徑如果受損，會看不到移動中的物體，例如倒水時無法判斷水是否快滿了。腦中辨識物體內容的路徑如果受損，可能描述得出物體的特徵，卻無法辨識物件，例如看到一把雨傘，說得出把手、支架、布料等特徵，卻看不出那是一把傘。

還有一種症狀叫「半側空間忽略」，病人盤內的食物總會剩下一半，因為他們視野中只會出現一半影像，所以並不知道另一半食物的存在。畫畫時，他們只會畫出一半畫面，吃蛋糕時，當然也只會吃掉一半。

嘿嘿，她不知道
這裡有蛋糕吧！
我有看到喔！
我只是臉盲，並
不是半側空間
忽略症！

既然視覺受大腦控制，透過大腦，是不是能讓視障者恢復視力呢？科學家正在努力，目前已試著把電極植入猴子的大腦，讓猴子可感應到光點，如果光點能成功組合，就有機會形成畫面。

科學眼 要看見，除了要有光、有健康的眼睛，還需要大腦整合並解讀視神經傳來的訊息。

破案之鑰

錯把太太當帽子的人

辨識臉孔對人類來說是一件很重要的事，科學研究發現，小嬰兒從一出生就開始學習辨識臉孔，而且很快就能分辨母親和陌生人的臉。

是因為這樣嗎？

人腦中甚至有個部位專門負責臉孔辨識，叫「梭狀回」，這個部位會隨著年齡增長、認識的人變多而跟著變大。梭狀回若是異常，就會造成臉盲症。

除了臉盲症，大腦造成視覺異常的例子還有很多，而且大多很奇特。有一本很有名的書叫《錯把太太當帽子的人》，其中描寫一位病例看不出太太和帽子的差別，竟然想把太太的頭拿起來戴！

啊哈！你是
我的帽子！
喝！你給我差
不多一點！

第十二話 驚爆園遊會

奮鬥

我記得在書上讀過一個說法：正常人的思考邏輯是循序漸進，譬如從A到B、到C再到D，可是罪犯的思考邏輯從A到B之後卻直接跳到D，中間的C被省略了。這個C代表的若是道德良知，也難怪那些人會犯下傷害他人的罪行。

在大自然之中，也看得到類似的例子，譬如卵在正常狀況下孵化為蝌蚪，然後再變態為青蛙；如果卵直接變成青蛙，這恐怕是生物學上的一種突變，對生態可能造成某種影響，甚至釀成禍端。

今天在學校園遊會上發生的一場突發事件，剛好證明了這個論點……

• • • • •

園遊會要幹嘛？對大多數同學來說，園遊會是學校舉辦的一項慶

祝活動，並設置了餐飲和遊戲攤位，好讓大家來大吃大喝大玩、盡情的遊樂。

正如氣象預報，今天是個晴朗的好天氣，氣溫高達三十三度。按照校方的規定，各班級的攤位必須在早上十點前就定位，食材和設備也得準備妥當，然後各班同學先回教室休息，等待十一點園遊會的開幕式到來。

「好想吃香雞排，」宋謙說：「可是余爸今天沒來幫忙。」

雖然余唯心坐的位置滿前面，但她還是回頭瞪了一眼。

「煎香腸也不錯吃啊，」錢若娟說：「我還滿期待的。」

「我很期待喝珍珠奶茶。」姚夢萱說。

今年我們班由蔡淑芬的爸媽來當總鋪師，所以攤位主打的商品是各類果汁和珍珠奶茶，再搭配煎香腸。

「六年二班的煮茶葉蛋和三班的爆米花，也很令人流口水。」廖

宏翔說。

「你們家的冰淇淋和雪糕，才讓人口水直流。」宋謙說。

廖宏翔的父親是「卡激凍冰淇淋」的大老闆。這個冰淇淋品牌在國內享有盛名，全國上下總共有五十家直營店和加盟店。他們賣的冰淇淋和雪糕好吃到爆，而且口味多樣，甚至會推出當令的冰品。去年這個品牌入駐我們小鎮，新開幕的直營店以買一送一的特惠活動招來絡繹不絕的人潮，打趴了傳統冰店的生意，讓吃剉冰變成落伍的象徵。

「等一下可以去玩自製巧克力棉花糖。」錢若娟說。

「我要去玩抽抽樂。」宋謙說。

「我肚子餓了，」王元霸一邊說，一邊從一個袋子裡拿出一個保麗龍盒：「裡面裝了什麼好吃的？」

坐在錢若娟前面的卓伯康，急忙伸手把袋子和保麗龍盒搶回來。

「沒什麼特別的東西啦。」

「可是我明明有看到好多一顆顆的白色小糖果。」王元霸說。

「不是糖果啦，」卓伯康說：「那是碎掉的保麗龍球。」

「是喔，」王元霸露出狐疑的表情說：「你袋子裡的東西都很奇怪吔。」

「喂，你怎麼可以亂翻別人的東西。」廖宏翔提出抗議。

「你小子欠揍啊，」王元霸粗聲粗氣的說：「人家卓伯康都沒講話了，你在這裡囉嗦什麼。」

「沒關係啦，」卓伯康趕緊打圓場：「袋子裡的東西一點也不奇怪……」

他拿出保麗龍盒：「這是我的便當盒，保溫效果很好喔，我媽早上煎的蛋放到中午還是溫熱的，」接著他取出夾子：「這個可以充當我的筷子，再小的東西都夾得起來……」

他喀噠喀噠的操作夾子，然後掏出刀子：「這算是我的叉子，用來叉取食物相當方便。」

「你袋子裡有隻手套，」王元霸說：「那是要幹嘛用的？」

這回卓伯康拿出一隻厚棉手套。

「我打棒球都戴這個啊，」他笑著說：「你知道的，我家買不起棒球手套。」

「真的假的，你家窮到這種地步？」王元霸很不識相的問：「對了，你家的冰店真的要倒了？」

卓伯康沒回話，臉上的笑容瞬間褪去。班上已經傳開來了，據說卓伯康家裡開的冰店就要收攤了。這也是沒辦法的事，如今吃添加紅豆、芋圓、麥片和仙草的剉冰一點也不酷，就算淋了煉乳也沒用，唯有吃「卡激凍冰淇淋」才是王道。

嚴格說來，卓伯康他家正是「卡激凍冰淇淋」風潮下的受害者，

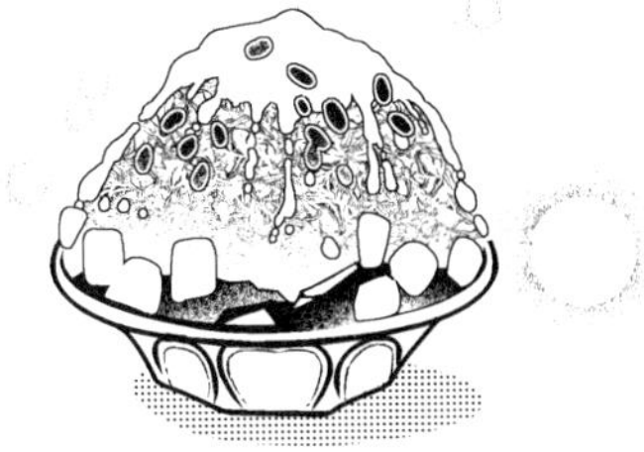

偏偏「卡激凍冰淇淋」的小少爺廖宏翔和卓伯康是超級好朋友，說起來可真是尷尬。他們倆這段友誼能否維持下去？我心裡很不看好啊。

・・・・・

開幕時間一到，大家紛紛走進園遊會的現場。放眼望去，操場的正中央就像臨時搭建了一條商店街，擺出來的各種美食和飲料即將開賣，其中最醒目的攤位正是「卡激凍冰淇淋」。

絕大部分的攤位都是用幾張桌子拼湊而成，然而「卡激凍冰淇淋」出動了快餐車，車上放了好幾臺冰櫃，工作人員穿著五彩繽紛的制服，再加上會一閃一閃亮燈的大型廣告看板，顯得霸氣十足，相較之下各班級的攤位就很寒酸。

「聽說你們家是這次園遊會的最大贊助商。」許佳盈問廖宏翔。

「好像是吧。」

「為什麼卡激凍冰淇淋的快餐車，會排在我們班的攤位旁邊？」章均亞問。

「我爸說，這樣的安排會幫我們班的攤位帶來人氣。」

「是嗎？」余唯心說：「如果大家都去買卡激凍冰淇淋，你覺得還會有人來買我們的果汁和珍奶？」

咦，這話不無道理，說不定沒帶來人氣，反而產生排擠效應。

「花媽校長他們過來了。」邱政說。

今年的園遊會辦得相當盛大，鎮長和幾位鎮民代表也受邀來觀禮。只見他們一夥人正沿途與家長們握手寒暄，帶頭領路的花媽校長停在快餐車前面。

「我們要特別感謝卡激凍冰淇淋，」她拿著麥克風，用中氣十足的聲音說：「這個全球知名的冰淇淋品牌，是這次園遊會的主要贊助

商……」

現場來了好幾個記者，閃光燈和按快門的聲音此起彼落，另有一名工作人員扛著攝影機在錄影。我還看到一個熟面孔，那就是邱政的父親，他和兩名警察亦步亦趨的跟在鎮長旁邊。

「卡激凍冰淇淋今天的營業額，會全部捐給學校當做教育基金，幫助經濟有困難的家庭。此外，每班都配發一個完全氣密的冰桶，這是由卡激凍冰淇淋贊助提供，裡面存放了三十支雪糕，銷售的金額可當做班費使用，沒賣掉的就由同學們享用，」花媽校長停頓了一下：「現在，我們給卡激凍冰淇淋的廖總裁最熱情的掌聲！」

一名西裝筆挺的中年大叔從快餐車後面走出來，高舉雙手且面帶微笑的接受全場喝采。

「我看還是只賣果汁和珍奶就好了，」何文彬撫摸著攤位上的冰桶說：「卡激凍冰淇淋留給我們自己享用吧。」廖宏翔突然走開，不曉得是不滿何文彬的提議，還是想跟快餐車劃清界線。

按快門的拍照聲咔嚓咔嚓響個不停，花媽校長一行人和廖總裁合照後繼續前行。我們班也按照計畫各就各位。全班分為三組人馬，一組在前排負責販售和招呼客人，一組在後場煎香腸並調配果汁和珍奶，另一組四處走動且分發廣告傳單。

我站在前排擔任收錢和找零的工作，從攤位後方看出去，校長一行人浩浩蕩蕩的向前走，廖宏翔、方逸豐、湯子怡和卓伯康各自在發送傳單，隋雲坐在設有遮陽棚的家長休息區。一切看起來都很正常，好一副熱鬧歡騰的景象。

萬萬沒想到下一刻卻豬羊變色。

猶如晴天霹靂般，突然傳來砰的一聲巨響，我頓時心一驚，出於本能的立刻低頭蹲下來，耳邊不時聽到鬧哄哄的聲音，有東西碰撞墜地的聲響，有人尖叫哀嚎的刺耳聲，還有人在喊著「有炸彈！」「是

砰!!

恐怖攻擊！」

我雖然很害怕，卻克制不了好奇心，於是躲在桌子後面偷偷張望。原來爆炸地點是右前方六年三班的攤位，四張桌子全部倒塌，擺設的食物和餐具散落一地，最嚴重的是冰桶整個炸裂開來。

六年三班的同學首當其衝，他們哭成一團，也不知道有沒有人受傷。一旁的大人也很狼狽，志雄老師把花媽壓在地上，邱爸趴在鎮長身上，一個喊「保護校長！」另一個喊「保護鎮長！」

太陽明明很大，空氣中卻似乎瀰漫著一股水氣，只見有個人踏著穩定的步伐，走向爆炸點的中心。

那個人是黃宗一！

他彎腰蹲下來，撿起某樣東西，接著轉過頭查看裂開的冰桶。

「打開所有的冰桶和裡面的寶特瓶！」他突然叫道。

沒人有反應。

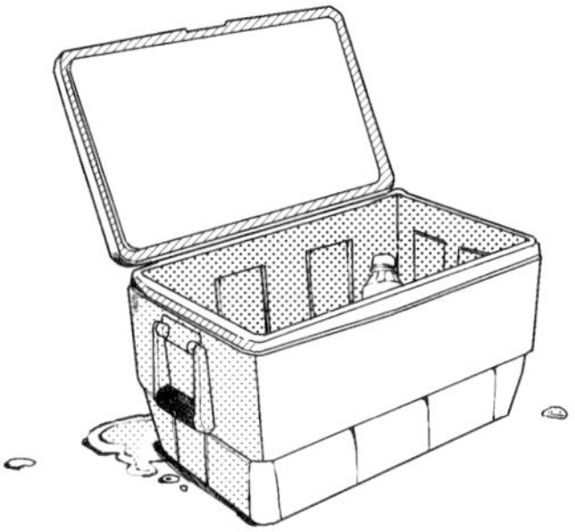

「快把冰桶和寶特瓶打開！」

最先回過神的是邱爸，他馬上爬起來，邊跑邊將沿途經過的冰桶一一掀開。我的手有如接上電源般動了起來，隨即打開眼前的冰桶以及裡面的寶特瓶。原本嚇得動彈不得的人們也開始有了反應。轉眼間，在場的冰桶全都掀開了。

「快餐車的冰櫃也要打開檢查！」黃宗一又說。

廖總裁仍呆若木雞，倒是他的員工手忙腳亂的打開每一臺冰櫃。

「冰桶裡有炸彈？」邱爸問。

「沒有炸彈，只有乾冰。」黃宗一回答。

「乾冰？」邱爸一頭霧水。

黃宗一舉起手上的寶特瓶，只不過那個碎裂的寶特瓶變形得很嚴重：「乾冰裝入寶特瓶，一段時間後就會爆炸。」

在場每個人都一臉茫然，沒人聽得懂。

「乾冰是固態的二氧化碳，」科學怪探開講了：「它的凝固點在攝氏零下七十八點五度左右，一旦溫度升得太高，乾冰會直接由固體昇華為氣體，並不會融化為液體。」

「那又怎樣？」

「一般冷凍庫的溫度是零下十八度，在這個溫度下乾冰已會昇華，冰桶內溫度更高，乾冰必然會直接變成二氧化碳氣體。」

「所以呢？」

「乾冰在昇華的過程中，會釋放出體積比原來固體大一千倍的氣體。換句話說，若將乾冰放入密閉容器中，乾冰會變成二氧化碳氣體並迅速膨脹，當容器承受不住氣體的壓力時，就會引起氣爆。」

喔，這麼說來，乾冰寶特瓶是成本便宜的炸彈，而且不會留下痕跡，因為二氧化碳氣體無色無味。

「這是誰幹的好事？」邱爸厲聲喝道。

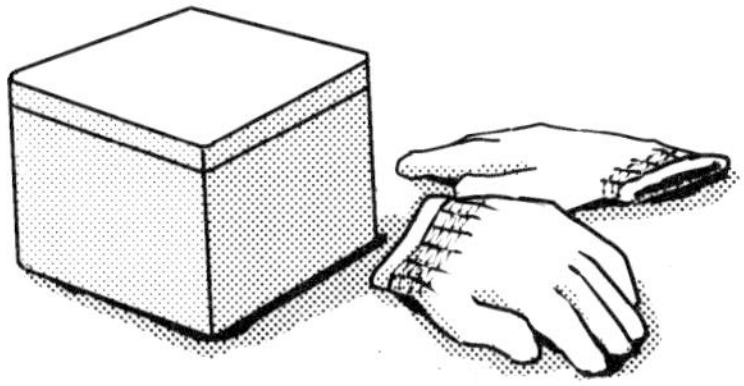

「跟我無關，」廖總裁搶著撇清嫌疑：「我是被害人。」

黃宗一撿起地上的攝影機，把影片倒帶看了片刻。

「證據一應俱全，可以破案了。」他說完，走向快餐車，從冰櫃裡取出一支雪糕，靠著車身舔了起來。在輪椅輾過路面的嘎吱聲中，連邱爸也知道這時候輪到隋雲上場了。

「乾冰不能放入密閉容器，又必須隔熱，制止它迅速昇華，」她泰然自若的說：「而且乾冰的溫度非常低，用手直接觸碰會造成凍傷，所以必須透過厚棉手套或其他遮蔽物來抓取。」

咦，她舉出的這兩個要點，不就剛好符合那個人？

唰的一聲響起，有一疊紙掉落在地上，而讓傳單脫手落地的人正是卓伯康。

「保麗龍盒可以保溫，也能隔熱。」隋雲對卓伯康說：「夾子和手套可以避免凍傷，刀子可以用來切割乾冰。」

一臉慘白的卓伯康沒有回應。

「早上來學校之後，你可以私下把乾冰切成小顆粒，再一一塞入寶特瓶中，但是要避人耳目將寶特瓶放入每一個冰桶，絕對要有共犯幫忙才行……」

「沒有共犯，」卓伯康大聲的說：「都是我一個人做的。」

「能找出最適當的時機，並且不讓任何人起疑，就將寶特瓶放入冰桶，」隋雲自顧自的往下說：「這個人，一定是卡激凍冰淇淋內部的人……」她轉動輪椅，面向廖宏翔：「你說是吧？」

「跟廖宏翔無關，」卓伯康叫道：「是我一個人做的。」

「黃宗一想透過攝影機查證的事情，我剛好親眼目睹了，」隋雲繼續說：「冰桶炸裂的當下，現場只有三個人站著沒動：黃宗一是處變不驚，卓伯康和廖宏翔是對即將要發生的狀況已有防備。」

「不要聽她亂講，」卓伯康還在吶喊：「全都是我一個人做的。」

奮鬥

「還沒爆裂的寶特瓶上面，應該都有廖宏翔的指紋。」

「她真的是在胡說八道……」

「阿康，別再說了，」廖宏翔插嘴道：「我們不是講好要一起承擔後果嗎？」

「兒子，你真的有參一腳？」廖總裁橫眉怒目的罵道。

「都是你害他家的冰店快要倒了。」

「那關我什麼事？」

「可是跟我有關，」廖宏翔理直氣壯的說：「因為他是我最要好的朋友！」

這句真心話讓全場鴉雀無聲，而我的眼淚很不爭氣的掉下來。

由於花媽校長極力說情，所幸也無人傷亡，同學們都只受到驚嚇，況且廖總裁也無意追究，警方便以惡作劇之名結案。根據卓廖兩人的說法，他們打算用爆炸事件引發負面觀感，促使消費者再也不去購買卡激凍冰淇淋。

青鳥說他們情比金堅，很令人感動，但他們的思考邏輯大有問題，如果A是製造炸彈，B是引發爆炸，他們倆等於略過C警方介入調查，直接跳到D消費者拒買卡激凍冰淇淋。問題是，消費者會不會這麼做，恐怕是未知數。

青鳥還說我考慮太久了，必須趕快下定決心。好，我決定了，我要去跟那個人告白，如果對方拒絕我，那我就跟著青鳥遠走高飛……對，就這麼辦！

真相需要科學證據！

冰淇淋的製作材料與流程相對複雜，好吃也是剛好而已。不過換個角度來看，會不會太「營養」？

人活著需要熱量，而熱量來自食物。一克的醣或蛋白質可提供 4 大卡熱量，脂肪可提供 9 大卡。好吃的冰淇淋約有 20%的重量為乳脂，一份 100 克的冰淇淋，脂肪就有 20 克，熱量達 180 大卡！這還沒算糖分。以市售的迷你杯冰淇淋為例，小小一杯約 80 克，熱量近 200 大卡——一碗飯也不過 280 大卡。清剉冰呢？水做的，零卡！

但小心！吃剉冰如何選配料也很重要，如果淋上大量的糖水、煉乳，又加上蜜紅豆、花生等配料，吃太多還是很容易胖的！

科學眼 冰淇淋含有大量脂肪，口感滑順，但熱量也很高。

破案之鑰

冰就是冰，為什麼吃起來不一樣？

答案很簡單，因為製作的材料和方式不一樣！姑且不論配料和口味，剉冰是用水凍成冰磚，再以刨刀削碎製成，冰淇淋是用牛奶和奶油打製而成，除了水分，還有大量的油脂，因此吃起來特別滑順綿密。

依照廚師的經驗法則，口感一流的冰淇淋會使用一比一的全脂牛奶和鮮奶油製作。此外，好吃的冰淇淋必須加入大量且一定比例的糖，黏稠度和柔軟度才會好。

水和油其實不相溶，所以還必須加入蛋黃，讓材料中混合好的水分與油脂保持穩定而不分離。最後再以機器急速冷凍，就能做出上等的冰淇淋。

第十三話

玉茹老師的慶生會

上午七點三十分整，沈玉茹走進校門口。同事跟她打招呼，學生和她說早安，她一概點頭示意。她不疾不徐的走向教職員辦公室，不想這麼快就進入六年一班教室，她知道那裡沉浸在什麼樣的氛圍中。

今天是她的生日。

她很清楚在別人眼中自己有點古怪，也知道有人幫她取了「女康德」的綽號，但是她不明白班上的學生為何這麼喜歡她，有人試著巴結她，甚至有幾個女生為了討好她而互相較勁。

帶班兩年多來，她總是跟大家保持距離，也不曾和這些孩子玩在一起，只想努力當個稱職的老師就好。可是孩子們今天卻想幫她慶生，而且在一些人的起鬨下，慶生會竟然變成了才藝表演大會，表現最棒的人還可以贏得老師的抱抱。眾所周知她不喜歡驚喜，尤其厭惡意外，所以慶生會的安排已提前告知，只是她萬萬沒想到，後續還是有意外在等著她，而且不只一個……

中午十二點二十三分，玉茹走進學校的活動中心，比約定時間晚到了三分鐘。以慶生為名的才藝表演能在這個大型場地進行，原本是個驚喜，不過早上已經有學生跟她爆雷。

「老師，我爸打了一通電話，活動中心就可以用了。」許佳盈說。

「誰說是你爸的功勞，」蕭莉玲說：「我邀請花媽校長來參加慶生會，活動中心搞不好是她批准的。」

「我爸前天就打電話。」

「我上週就開口邀請花媽。」

「別吵了，」玉茹趕緊打圓場：「大家都有功勞，你們的好意我心領了。」

此刻她跨入會場，面對寬敞的舞臺，看到臺下只排了二十幾張椅子，她腦子裡閃過「小題大作」四個字，一股想要轉身離開的衝動湧上來。這時，她看見程校長向她招手。許佳盈、蕭莉玲和章均亞三人突然衝過來，一起挽著她的手臂往前走。

「老師，你怎麼站在那裡發呆？」許佳盈說。

「對啊，我們等你好久。」蕭莉玲說。

「蛋糕是我訂的喔！」章均亞也說：「我知道玉茹老師喜歡抹茶口味。」十四吋的生日蛋糕擺在長桌上，巨大的尺寸讓玉茹望而生畏，還沒入口就感到滿嘴苦澀。

三個小女生嘰嘰喳喳吵個沒完，自稱「老師的左右護法」的卓伯康和廖宏翔，趁機把玉茹護送到前排正中央的座位，然後大聲宣布：

「慶生會現在開始！」

大夥圍著長桌而站，花媽校長先致詞。

「很榮幸來參加玉茹老師的慶生會，她是本校的優良教師，也是從本校畢業的資優生，她的……」花媽校長臉色一變，停頓了一下：「希望她能在本校任職到退休為止。你們大家說好不好？」

全場掌聲響起，有人高喊「老師，我們會永遠跟你在一起！」「畢業後，我們會常常回來看你！」玉茹努力擠出笑容，她知道這時候應該要感動落淚，但是她勉強不來，至少她今天辦不到。

「祝你生日快樂……」她還在恍神，眾人唱起了生日快樂歌。她彷彿隨波逐流、無意識的隨著歌聲拍手唱和，也在眾人的吆喝下吹熄蠟燭，朝大蛋糕切下第一刀。她聽到有人讚歎「好好吃」「那當然，這蛋糕是跟網路名店訂的」，然而她是食不知味。不管怎樣，她今天就是沒辦法。

再來是萬眾矚目的才藝表演，隋雲和蔡淑芬表態只看不演，錢若娟只想擔任主持人。上場順序由抽籤決定，可以一人唱獨腳戲，也可攜手合作，但最多兩人為限。

「打頭陣的是王元霸和宋謙，有請兩位啦！」錢若娟朗聲說道。

王元霸和宋謙身穿白色跆拳道服跳上舞臺，先向臺下一鞠躬，接著兩人轉身相對，出拳比劃了起來，拳到之處虎虎生風，煞是有模有樣。隨後宋謙雙手高舉一片木板，王元霸躍起伸腿踢擊，啪的一聲木板應聲而裂，掌聲立刻響起，但也有人心存質疑。

「那片板子其實是保麗龍吧？」

在全場鼓譟下，宋謙接著高舉兩片木板，王元霸躍起一踢，咦？這下子糗了，板子沒斷裂。

「你要站好，別往後退。」王元霸厲聲指責，宋謙咕噥著「我根本沒動」，兩人再來一遍，結果還是沒裂成兩半。王元霸臉色一陣青一陣白，氣得高高躍起，狠狠一踢，木板依然無恙，但宋謙卻很有事，往後滾了好幾圈。其實，明眼人都看得出來，宋謙不是被踢飛的，因為王元霸的腳還沒觸及木板，宋謙已經開始往後滾了。

在夾雜噓聲的稀疏掌聲中，王元霸霸氣的說：「我們才是正港的左右護法！」

第二組上場的是章均亞和馬玉珍，她們倆勁歌熱舞唱起了流行歌曲。「我的腦公，打開我腦洞……」

嚴格說來，勁歌熱舞的只有章均亞，她像是裝了勁量電池全身扭個不停，高瘦的馬玉珍只是左右輕擺，且將掃把當吉他抱在胸前亂撥，臉上有如殭屍般面癱，歌詞並非吟唱而是念出來的：「就像學長，重灌我的系統……」

玉茹聽不懂她們在唱什麼，只覺得好像看到七爺八爺出場亮相。

張旋和廖宏翔的雙人組合就正常多了。兩人各自坐在椅子上，張旋胸前的樂器是木吉他，廖宏翔彈奏的是大提琴，一高一低的樂音搭配得天衣無縫。

玉茹沒聽過這首曲子，然而抒情的旋律讓她煩躁的心情平穩了些。低沉的弦音逐漸歇息，只剩吉他獨奏，當最後一個音符停止時，廖宏翔拉開暗藏的手卷，上面用黑墨寫著「祝玉茹老師永遠健康美麗」。現場響起如雷掌聲，玉茹卻覺得畫蛇添足而心中無感。

再來是方逸豐和高勝遠的雙口相聲。

「小孩摔倒，猜一個成語？」

「小……」高勝遠想了想：「不知。」

「答案是馬馬虎虎。」

「嗯？為什麼？」

「你這個笨蛋，」方逸豐舉起手上的扇子，往高勝遠頭上敲下去：「小孩摔倒哭哭，當然要『媽媽』來『撫撫』啊。」

說穿了，他們是把一堆笑話當段子串在一起講。想當然爾，口才好的方逸豐負責教訓人，而口拙的高勝遠只有挨罵的份，結果就看到高勝遠的腦袋一再被打，玉茹實在笑不出來。

接下來兩組都是音樂表演。

湯子怡手持銀白色直笛吹奏〈天鵝湖〉，余唯心穿著白色舞衣跳起芭蕾舞，優雅迷人的畫面讓男生們拍紅了掌心。許佳盈把可攜式電鋼琴搬到舞臺上演奏〈卡農〉，這首曲子很好聽，她的搭檔蕭莉玲卻用米老鼠般的招風耳打拍子。能自主控制耳部肌肉是很厲害沒錯，不過被她這樣一搞，這場秀像耍雜技似的令人啼笑皆非。

鋼琴撤離之後，舞臺右側傳來鳥鳴聲，緊接著是貓叫聲，然後是狗吠聲。突然間，三種叫聲糾纏在一塊，聽起來不但高八度而且近乎慘叫。

「舞臺上哪來的小動物？」

「這是貓在追鳥，狗又在追貓吧？」

在爭議聲中，錢若娟雙手一攤，指向舞臺右側，走出簾幕的人是游瑞文。他將動物叫聲模仿得唯妙唯肖。

「騙人，」章均亞說：「你是播放錄音檔的吧？」

游瑞文一開口就是清亮的啁啾聲，下一秒卻變成凶狠的汪汪叫，

驚人的口技立刻獲得眾人喝采。

「老師笑了，」錢若娟說：「看來會被老師抱抱的人可能是游瑞文哦！」

「不公平，」許佳盈說：「學動物叫不算才藝，這根本不用花錢學……」

她還在抱怨，鄭少傑和姚夢萱已經走上臺了，觀眾席間「喔」聲連連。只見舞臺上有座固定在地上的畫板架，鄭少傑拎著一個水桶，兩人站在距離板架四公尺以外的位置，姚夢萱率先伸手到桶內拿起一物，模仿投手的姿勢站好，然後甩臂一揮，啵的一聲砸在板架的白紙上，在右上方留下一顆紅色圓印。

鄭少傑撿起掉在板架下方的棒球，退至五公尺之外，先讓球在桶內沾成紅色，然後振臂一擲，那顆球咻的一聲打在板架上，留下紅色圓印，並且靠著反作用力彈回來。鄭少傑拿球沾了就丟，他一再重複這個動作，不用三分鐘，白紙上已印出一顆大大的紅色愛心。

哇！真是太神準了。從熱烈掌聲可知，大家相信鄭少傑日後絕對

會是王牌投手。只不過，這顆心究竟是要獻給老師，或是姚夢萱，還是余唯心？

掌聲漸息，林仲亨走到舞臺中央，顯然手腳在顫抖。他一鞠躬，用破鑼嗓子大聲說：「湯子怡，我喜歡你，請當我的女朋友。」全場頓時靜悄悄的，十秒後才爆出哄然笑聲。這也不能怪大家笑他，林仲亨有鬥雞眼和塌鼻子，還有一口暴牙，這副醜男長相，哪來的膽子向湯子怡告白？

「跟人告白，這算哪門子才藝？」馬玉珍說。

「勇氣也是一種才藝呀！」林仲亨說：「如果我這張臉長在你們頭上，請問誰敢公然告白？」

眾人啞口無言。這時湯子怡講話了。

「為何選在今天告白？」

「最近才知道你有臉盲症，」林仲亨遲疑片刻後回答：「我在想，也許你不會用美醜來嫌棄我……」

「我不會評斷別人的外在，但我不了解你的內心。」

「有機會的話，你會試著了解我嗎？」

「我們是同班同學，一定有機會的。」

「謝謝你！」林仲亨眉開眼笑一鞠躬，走下舞臺時差點摔一跤，扶住他的是下一位表演者何文彬。

「我媽說我們家很窮，沒錢讓我去學才藝。」何文彬雙手插在口袋，看著臺下觀眾說：「但是沒關係，彈琴跳舞這些才藝其實沒什麼用，到頭來鋼琴只不過是擺在家裡的裝飾品，」他停了一下：「幸好我會的才藝很有用。」

「呿！」「在胡扯什麼！」「你有才藝才有鬼咧！」……

臺下罵聲不斷。只見何文彬雙手舉高，右手捏著一根鐵絲，左手拿著一支一字螺絲起子。

「光靠這兩樣東西，八成以上的門鎖都難不倒我。」

這話造成全場群情憤慨。花媽校長表情嚴肅的說：「侵入民宅是犯罪行為！」

「大家誤會了，」何文彬嘻皮笑臉說：「我是說，如果哪天你們被鎖在門外，進不了家門，可以來找我開鎖，服務費會算你們便宜。請抄下我的電話號碼……」

他簡直是被砲轟下臺。舞臺上隨即出現一個蒙面人拉著推車上場，車上放了一個大箱子。蒙面人旋轉推車，讓觀眾看到箱子正面和背面都覆蓋著布簾。往左拉開布簾，箱子正面和背面皆有長方形缺口，他手持棍棒往裡戳，意味箱子裡空無一物。

「魔術表演！」卓伯康叫道：「等一下會把人變不見！」

蒙面人對臺下做出邀請的手勢。未料走上臺的是劉孟華。

「是班長吔！」「沉默的乖寶終於不再沉默」……

大家七嘴八舌之時，劉孟華爬入箱內趴下，布簾隨即往右拉上。蒙面人旋轉推車一圈，有隻手探出布簾擺動，代表裡面還有人。推車繼續轉了兩圈，蒙面人輕敲箱子頂部，再環繞推車走了一圈，然後往左拉開兩片布簾，並以棍棒探入翻攪。裡面是空的！劉孟華消失不見了，眾人忘情的鼓掌叫好。這是個經典魔術，許多人都看過，但沒人知道怎麼變。

蒙面人拖著推車退場，消失在舞臺右側的簾幕之後。

緊跟著出場的是黃宗一，他戴手套拿著保麗龍盒，一隻手捏著硬幣往盒子插下去，只見硬幣直立在盒上，然後突然啪啪啪動了起來。他連續插了四枚硬幣，猶如兩對翅膀在拍動的畫面令人嘖嘖稱奇。

「用我的銅板！」何文彬用力一拋，黃宗一伸手接住，順勢插向盒子，銅板立刻震動起來。王元霸也貢獻一枚，他的硬幣同樣立正，啪啪啪的左右搖晃。它們為何會站著跳舞，大家都很好奇。

「這是科學，」黃宗一說：「盒子裡裝了乾冰。還記得乾冰的熔點是攝氏零下七十八點五度吧，在室溫中，乾冰會昇華為二氧化碳氣體，從插入的縫隙衝擊硬幣，使硬幣震動並發出清脆的響聲。」

「看來黃宗一也有機會贏得老師的抱抱。」錢若娟說。

「科學不能算是才藝！」許佳盈提出抗議。

「班長沒回來。」黃宗一突然說。玉茹回頭一看，劉孟華還沒回到座位上。

黃宗一放下保麗龍盒，轉身往舞臺右側的簾幕走去，依稀看到擺著魔術箱的推車正停在角落陰暗處。他伸手拉開舞臺的布簾，整個角落瞬間變得燈火通明，其他人也趕過來了。

「箱子裡面沒人。」老師說。

「舞臺下方是不是有地道？」邱政問：「難道在表演過程中，班長趁我們不注意跳出箱子，然後從地道溜走了？」

「我保證舞臺下面沒有地道，」校長搖頭說：「況且，推車上的魔術箱離地面有一公尺，箱子下方完全中空，他要是跳出箱子，觀眾一定會發現。」

「那班長怎麼會消失不見？他現在人在哪裡？」姚夢萱問。

二十多雙眼睛全盯著魔術箱。透過長方形切口往內看，裡頭只剩下漆黑的層板。難不成是黑暗吞噬了劉孟華？

「既然逃不掉，那麼人應該就還在箱子裡，」黃宗一敲了敲箱子

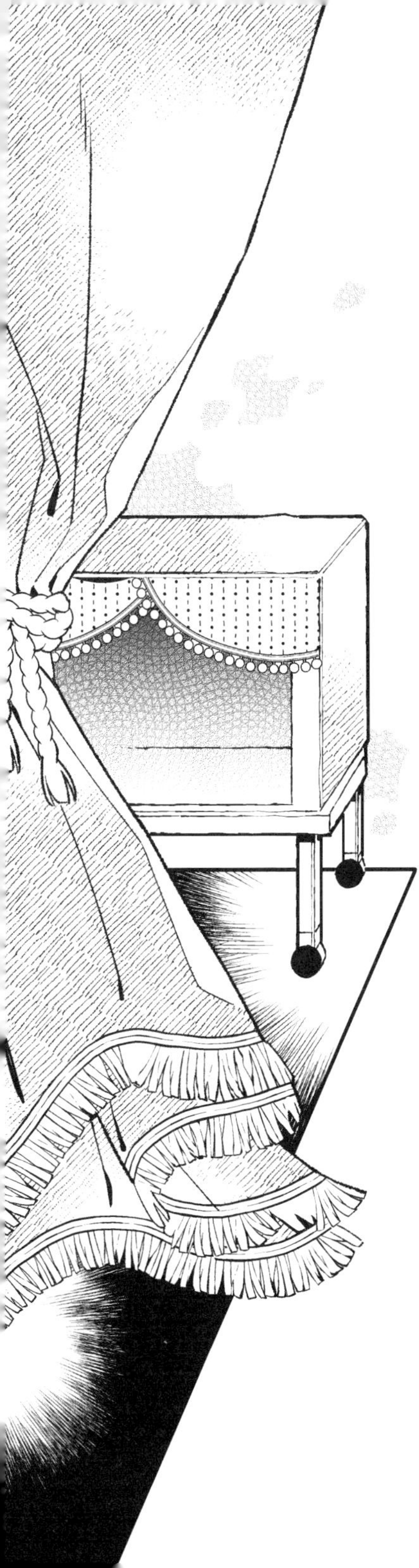

內部的底板，響起叩叩叩的回聲：「有時看不見並不表示不存在。」

「聽不懂啦，」王元霸怨道：「拜託講人話行不行？」

「我猜魔術箱內有隱藏的板子，」隋雲接腔了：「像是左側板可以往上掀，底層的板子能夠摺疊，這麼一來班長可以坐進去，把底層板子恢復原狀就可以蓋住腿，放下左側板可以遮住上半身，布簾拉開時觀眾看不到他，只見到黑漆漆的層板。」

「箱子裡有L形的夾層？」老師問。

「布簾有誤導作用，」隋雲說：「它們往左拉開時，擋住了部分的祕密隔間，讓觀眾以為箱子裡的空間不大。」

「真的吔！」動手將底板對摺的余唯心驚呼：「這裡面有空間可以躲人。」

「魔術箱的機關破解了，」校長氣急敗壞的說：「但劉孟華依然下落不明！」

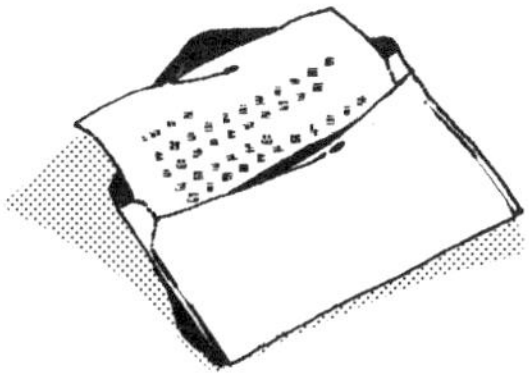

錢若娟清了清嗓子。「早上他給我一封信，」她拿出信封說：「請我放學後再看。」

「快打開來看！」老師下達指令。錢若娟依言照辦，並且大聲念出來：

老大，謝謝你一直以來的關心，也感謝你總在我有難時屢次伸出援手。雖然我的告白被你拒絕了，不過我一點也不生氣，因為你值得更好的人。我要走了，青鳥要帶我去一個新的地方重新開始，但願將來有緣再見。

劉孟華

「青鳥……又出現了！」玉茹臉色大變，聲音變得沙啞。

「老師你怎麼了？」同學們不明白她為何反應激烈。

「就在十年前的今天，玉茹老師的弟弟失蹤了，」校長代替她回答：「帶走他的就是青鳥。」

「後來呢？」

「沒有後來，」校長沮喪的說：「沒人知道青鳥的身分，也沒人知道他們的去向。」

現場陷入一片寂靜。

「誰可以獲得老師的抱抱？」許佳盈突然問。

「但是我還沒表演！」邱政說。

「蒙面人是誰扮的？」老師問。

沒人回話。

「青鳥到底是誰？」

只聽到玉茹聲嘶力竭的吶喊。眾人目光全都投向黃宗一和隋雲。

但是這一次，他們倆互看一眼，只能沉默以對……

……第一部完結……

憑空出現的小兔子：和消失的鴿子相反，先把兔子藏在暗袋裡，藉由帽子等道具的遮掩，小心將兔子置入帽中再拿出，即可無中生有。

鋸人：這是個經典魔術。臺上箱子裡躺著美麗的女助理，只見魔術師拿著大把的鋸子把箱子一鋸為二，然後左右分開，箱內的女助理登時頭腳分離！但其實箱內裝著兩個人，誰也沒被鋸開。

科學眼 魔術是一種獨特的表演藝術，藉由道具設計和錯覺、假像、心理暗示等手法，達到不可思議的效果。

破案之鑰

魔術的真相

魔術之所以吸引人，魅力在於「不可思議」，一旦說破其中道理，就一個錢也不值了！所以魔術技法通常很難取得，想成為魔術師得透過拜師學藝，一些厲害的魔術師更會自行研發新技法，保持獨特的神祕感。

魔術界還有個不成文的規定，入行時得發誓不洩漏所學，守護魔術的祕密，否則可能遭到同行的封殺！以下是從魔術界流傳出來的一些手法，看完請保持沉默。噓⋯⋯

消失的鴿子：這和玉茹老師慶生會上的魔術表演有異曲同功之妙，都是因為道具設計巧妙，藏有隱密的暗室或暗袋，能把人或鳥獸置入道具中藏起來，造成消失的錯覺。

變身遊戲

翁裕庭

哪位同學會是班上的靈魂人物？我小時候很常思索這個問題。

在我就讀小學的那個年代，每兩年要換一次班，也就是說，在全年級所有班級重新洗牌的情況下，每隔兩年我就得面臨新的環境、面對新的老師和新的同學。當然啦，重新編班後總會碰上幾個熟面孔，但是比例並不高，依我個人的經驗來說，大概有八成都是不曾同班過的陌生臉孔。這時候我的小腦袋瓜子就開始動了起來：哪一個會成為班上發號施令的老大？是坐在最後一排、頭髮削掉半邊的高個子？還是那個一臉踐樣又一身黑的酷妹？哪一個會是最「顧人怨」的傢伙？是那個上衣皺巴巴、褲子有破洞、身上有酸臭味的男生？抑或是那個嘟著嘴巴全身公主打扮的女生？

通常，擔任班長的同學、擁有校花容顏的女生，或是掛著陽光笑容的運動健將，很有機會成為班上大受歡迎的要角。然而幾次換班經驗卻告訴我，人不可貌相。你以為帥到掉渣、應該最有人氣的同學，竟是人人喊打，而那個很不會打扮的女生，卻有一堆閨密圍繞著她。

最會打架的不見得會當上老大，能言善道的不一定是意見領袖。這到底怎麼回事？好吧，我必須繼續深思這個問題才行，於是我開始觀察班上紅人的言行舉止，甚至注意他們的一顰一笑，最後得到一個結論：性格即命運。誠懇待人的同學比較容易贏得友誼、甚至匯集人氣，假掰的人終究會遭到唾棄。別懷疑，即便是小學生，也是有能力辨識誰有真心、誰是虛情假意。

說真的，當年身為小學生的我，哪有可能深刻了解到「性格即命運」的確切意義，這當然是事過境遷多年後才能明白的道理。不過，那時候我除了思考之餘，還額外做了其他功課：鎖定某個同學，觀察對方的一舉一動，想像他或她為何笑、又為何哭的緣由，以及對方為什麼會這麼做的動機，最後再從相處過程中，多方驗證自己的揣測。然後，我會把焦點轉向另外一位同學，繼續同樣的揣摩對方的動作、猜測對方的行為模式與內在性格。有一年，在不知不覺中，我居然把班上每一位同學全都模擬過了。

現在回想起來，當年我絕對做了許多自以為是的假設，誤判自己很了解對方的個性。某一次，我很任性的向當時的死黨求證，跟他說明我對他的行為剖析，未料他一臉鐵青的罵我變態，指責我偷窺他的隱私，並且跟我絕交。這件事對我打擊很大，足足有一個禮拜都躲在家裡不肯上學，後來是母親再三安慰，我才得以釋懷。還記得她語帶溫柔的告訴我：「能從別人的角度來思考並不容易，若是出於善意，更是難能可貴。」

從別人的角度思考，也就是將心比心。多年後，我終於明白這個

道理。人生是不斷的汲取經驗與教訓。在模擬別人的「變身遊戲」中，我慢慢搞懂一件事：每個人在自己的世界裡都是主角，在別人的世界中卻只是配角。意思就是說，在你自己的世界裡，你始終用第一人稱的主觀鏡頭看待周遭人事物，你的視角可以隨時隨意移向任何方位；但是到了別人的世界，你卻無法決定他人的觀點，你只會被觀看，或可能被澈底忽視，甚至遭到誤解，因為你永遠無法為別人作主。

對於我過去的行為，我自稱是「變身遊戲」，但稱之為「扮演遊戲」也行。總而言之，我在小學生涯的那些年，私下幾度幫班上同學編造他們的人生小傳，一方面滿足自己的好奇心，另一方面也結交不少好友，但重點是切勿亂下結語。因為在別人的世界裡我只是個配角，萬萬不可亂入而喧賓奪主。

回顧過往點點滴滴的經歷，都算是促成我寫出這套《少年一推理事件簿》的養分，希望你們讀了會開心喜歡，但別罵我變態啊！

夢境
步烏&米巡
步烏
我在二〇二二年的跨年夜，作了一個夢。
米巡
我夢到黃宗一。
……
他直直的看著我，
從口袋拿出一顆球……
接著
擺出架勢……
朝著我
全力投球！
接著我就醒來了。
夢到故事裡的角色感覺超棒的……

出書了！耶！

很開心有這次機會繪製如此鮮活、有趣的作品。作者筆下的人物真是太有魅力了！閱讀小說時，總會想起自己的小學時代，曾經是「六年一班」的學生，對運動會、班級選舉的場景也有特別的回憶，讀起來有額外的代入感。

在創作的過程中，感謝兩位專業、有趣又可愛的編輯，花費大量時間和我們討論圖稿內容，並尋找許多參考資料，協助我們繪製具科學知識的插圖，以及在混雜不安及迷惘的趕稿時期，總是給予我們最大的信任、支持及鼓勵。

試著想像並畫出了長大後的黃宗一！

少年一推理事件簿 2 再見青鳥・下

作者／翁裕庭
繪者／步烏＆米巡
破案之鑰／陳雅茜

出版六部總編輯暨責任編輯／陳雅茜
美術主編暨版面設計／趙瓊
資深編輯／盧心潔
特約行銷企劃／張家綺

發行人／王榮文
出版發行／遠流出版事業股份有限公司
地址：臺北市中山北路一段 11 號 13 樓
電話：02-2571-0297　傳真：02-2571-0197　郵撥：0189456-1
遠流博識網：www.ylib.com　電子信箱：ylib@ylib.com
著作權顧問／蕭雄淋律師

ISBN ／ 978-957-32-9429-0
2022 年 3 月 1 日初版

定價・新臺幣 280 元

國家圖書館出版品預行編目 (CIP) 資料

少年一推理事件簿 . 2, 再見青鳥 . 下 / 翁裕庭作 ;
步烏＆米巡繪 . -- 初版 . -- 臺北市 : 遠流出版事業
股份有限公司 , 2022.03　面 ;　公分
ISBN 978-957-32-9429-0 (平裝)
863.59　111000193